U0494283

这世上

比父母更爱我们的

是父母的父母

念去去 星辰千千

罗倩 著

北方文艺出版社
·哈尔滨·

图书在版编目（CIP）数据

念去去，星辰千千 / 罗倩著 . — 哈尔滨 : 北方文艺出版社 , 2022.11

ISBN 978-7-5317-5717-7

Ⅰ . ①念… Ⅱ . ①罗… Ⅲ . ①散文 – 中国 – 当代 Ⅳ . ① I267

中国版本图书馆 CIP 数据核字（2022）第 190920 号

念 去 去， 星 辰 千 千

NIANQUQU XINGCHENQIANQIAN

作　　者 / 罗　倩

责任编辑 / 富翔强　暴　磊

装帧设计 / 圣立文化

出版发行 / 北方文艺出版社

邮　　编 / 150008

发行电话 /（0451）86825533

经　　销 / 新华书店

地　　址 / 哈尔滨市南岗区宣庆小区 1 号楼

网　　址 / www.bfwy.com

印　　刷 / 四川金邦印务有限公司

开　　本 / 880mm × 1230mm 1/ 32

字　　数 / 110 千

印　　张 / 5.5

版　　次 / 2022 年 11 月 第 1 版

印　　次 / 2022 年 11 月第 1 次印刷

书　　号 / ISBN 978-7-5317-5717-7

定　　价 / 42.00 元

自序

念您，千千万万遍

告诉我，拉扯着我的是什么？这风来自何方？那些我们深爱的人究竟去了哪里？

我念，我念，我敬爱的婆婆。

婆婆啊，婆婆，您在哪里？

在山里，在山里的坟茔里。而山在我心里，在我流淌着的血脉里。

我知道，生与死，就像白天和黑夜一样。我也明白，生命的动力，在于向上和向善生长。于婆婆而言，生活待她一点也不温柔，但她活出了自己的温度，更温暖了我们。

我是趴在婆婆的肩膀，看见世界最初的模样。她带着我蹒跚学步，也陪我走进漫漫山野路。她不曾言说的宠爱，都深藏在岁月里。她是扎根在我心头的那棵树，护送我飞出大山，也为我守着归途。

我总觉得来日方长，还有大把大把的时光去陪伴她、去孝顺她，然而，我永远也没有这个机会了。

婆婆走后，我才算是真正长大。思念总是在不经意间爬上心头，我竭力克制，也短暂“逃离”了那个家。我曾固执地认为，婆婆在，家才是家。而且，在一段时间内，我无法面对爷爷的冷漠和绝情。有距离感的，不单单是时间和空间，还有情感。

也正是这份陌生，让我慢慢以平实而客观的眼光来重新审视。乡亲们的忧虑喜悦、悲欢苦乐，乡土世界的生离死别、路径命运，是如此熟悉而强烈，好像每个人身上、每一寸土地上，都有婆婆的影子。

一天又一天，一年再一年，春山如黛草如烟。关于婆婆，我无数次想过记录和述写，而又一直未能提笔，总怕写薄了、写浅了。

真正鼓起勇气，是在婆婆离开的十年之后。落笔的瞬间，思绪便漫洇开来。

音容不改，温润如初。字字句句里，婆婆的生命有了另一种存在和延续，通过长长的时间，通过遥渺的空间，我和婆婆彼此生命流注，没有阻隔。

对爷爷，有过怨气，有过不甘，而婆婆无私且绵长的爱，像月光和星辰，照见一切细碎而美好的存在。最终，在婆婆离世的几年后，我完成了原宥及和解，与爷爷，与自己，与生活。时过境迁，唯一能留住的是我们对亲人和家园深深的眷恋。

生活转动，日夜不息，在某些间隙，我们会不自觉地回望那些或平淡或惊心动魄的过去，回望已经消失或正在消失的风雨、朋友和亲人，即便从不轻易想起，但一切悲欣早已深嵌于我们的生命。爱，便是供养，我们且爱且成长。

有人说，人的故乡并不止于一块特定的土地，而是一种辽阔无比的心情。我确信，我庆幸，自己携文字正走在漫漫归乡的长路。

要是累了、倦了、厌了，就停下来，坐会儿，发发呆，读读书，或者看看风景。然后，带着过往日子余味里那些小确幸，勇敢地去拥抱生活吧，以我们必须幸福的名义。

写下这本书，我只愿它能给热爱生命的人一点点力量，一点点面对自己、面对家人、面对故土、面对未来的力量。

写完这本书，我决定，回去好好陪一陪家人，好好看一看家乡的模样。

那么，当你翻开或者读完这本书，唯愿你也能有所念，有所往。

葳蕤繁祉，延彼遐龄。

如此，足矣。

罗　倩

2022年6月3日

目录

Contents

有了痛苦，才更清楚幸福在哪里。

越是不幸，越对还能拥有的深怀感恩。

婆婆的呼吸，就是那时我唯一欢乐的泉眼。

来日如果方长

来日方长。

我说："来日如果方长，方长已是去日。"

何况，这世上，哪有如果，有的只是后果和结果。

……

挂了号，问了诊，缴了费，我搀扶着婆婆（方言：祖母）开始做各种检查。楼上楼下、里里外外，医院的每一处，皆排起浩浩长长的队伍，人头攒动，声音嘈杂。

这是一个没有笑容的地方，不管是病人还是家属，要么表情木然，要么行色匆匆，要么焦躁不安，要么悲戚无助，要么怒气冲冲……

血常规、B超（二维超声）、CT（计算机断层扫描）……我们穿梭在由众多分科、检查室、楼层、廊道构成的迷宫中，做着一项又一项检查。婆婆咬牙坚持，身体弯成了弓形，本就格外瘦弱的她，此刻像只受伤的小动物，被冷冰冰的机器扫描、审视。

“借个轮椅吧。”我说。婆婆执意不要，她不想我麻烦，我知道。

前一晚，弟弟打电话来，说婆婆肚子痛了一两天不见好转。几十年里，婆婆从来没有生过大病，甚至没听见她叫过一声疼，就算有小病小痛，吃上一包头痛粉（阿咖酚散）便是了。那是她的灵丹妙药，包治百病。我清楚，她一定按压着肚子将那酸涩的白色粉末吞了一包又一包。这次，头痛粉怕是不灵验了，要不然，一向坚忍的她无论如何也不会同意来医院检查。更何况，还是来她从未来过的市里。

爷爷坚决反对：“一天到晚毛病多，肚子疼又不是啥要命的病，还要去广元检查，我看是吃多了撑的。”骂就骂吧，我们忤逆了爷爷的意思。弟弟将婆婆送上开往广元的班车后，他又返回家里照看爷爷，暑假回来恰到广元城里的我带婆婆来医院。

在北门汽车站接到婆婆，几个月不见，她又消瘦了不少。我的心里不由得皱起一阵涟漪，彷徨着过往的光阴。霎时间，我眼里蓄满泪水，嘉陵江的风吹过，泪很快就溢了出来，偷偷抹了抹，又溢了出来，酸酸楚楚，直抵肺腑。

我挽着婆婆往医院走，穿过林立的高楼和车流不息的街道。

几十年来，婆婆徘徊在年华往复的春与秋，从未走出过那个叫曾家的小镇。这是她第一次进入这个繁华的世界，陌生的世界，绚烂的世界，一切的一切，远远超出了她的认知。她疲惫的满是红血丝的双眼闪烁出新奇的光，我却没有给她留多一点的时间，也没有过多跟她讲讲城里的林林总总，而是直奔目的地——广元市人民医院。

置身这生命交错的复杂空间里，我们渐渐被淹没，被病魔淹没，被人流淹没，低到了尘埃里，渺小得不值一提。

灰暗的氛围中，婆婆就是个孩子，藏着莫名的隐忧。那时，我是婆婆唯一认识的人，她紧紧拉着我。

那年，我20岁……

在医生的建议下，根本容不得我多想，火急火燎地，当天就给婆婆办理了住院手续。

服下止痛药，婆婆躺在洁白的病床上，安安静静的，我竟有些不习惯。印象里，她就没有让自己闲下来过。就算此时乖乖躺在这里，她一定在惦记着家里的两头猪还没喂食，几亩玉米地里的草还没薅，那天邻居帮她干活了，她还没还人情……她的心是闲不下来的。

这个晚上，我几乎没合眼。婆婆在药物的作用下昏昏沉沉地睡去，我却被消毒水味儿刺激得怎么也没办法入眠。都说土里刨食的人身体皮实，性命结实，婆婆也是印证了这一点的，没有进过医院，没有打过针、输过液，除了那年摔断手臂，打了一个月石膏。婆婆怎么就病了呢？会是个什么病呢？我的内心滋生着难以言说的恐惧。在当时我有限的认知里，我想了一个又一个的可能，又一次次尽力说服自己推翻了那些可能。

嗯，没事的，没事的。

“从这两天的检查结果来看，你婆婆的小肠上有个肿瘤，而且比较大。”医生埋头翻阅着那叠检查报告单淡淡地说。

什……什么？肿瘤？这，这怎么可能？我不相信，我不相信！

“医生，医……医生，是不是弄错了？你是不是看错了？”我整个身子向医生坐着的方向倾倒，桌上的手臂一时间失去了支撑的力量，软趴趴地耷拉着，心“咯噔咯噔”跳着，快跃出嗓子眼儿。

他还是没有抬头，用食指把鼻梁上的眼镜往上推了推，再哗哗地翻了一遍那些单子：“从目前的结果来看，是这样的。”

“婆婆，婆婆她一辈子都没生过病。”手心里的冷汗冒出来，我本紧攥着的拳头渐渐软了，松了，又僵住了，动不了了，“她身体一直很好的。医生，咋会就长了肿瘤？”

“这样的情况，我们见得多了。”

那些报告单，我看不懂，可医生的话我不愿意相信，怎么也不愿意相信。我本能地想摇头，脖子却硬邦邦的，想要说什么，竟一句也没说出来，双眼迷蒙。

“娃儿，你最好快点联系大人来吧。”隐约感觉到中年医生抬起了头，看我时眼里也噙了泪水，“你自己都还是个娃娃，你做不了这个决定。你婆婆的肿瘤在小肠上，没法活检，只有手术，取病变组织，通过病理切片才能确定是良性还是恶性……如果是良性，手术后影响不大；如果是恶性，就是我们常说的癌症……”

他好像还说了什么，我没听清；他是不是也滚落了两行泪，我也没看清。我踉踉跄跄出了医生的办公室。

是风穿过身体？是光影在撞击？不，不是风，不是影，那是？是楼道里人来人往？自己飘忽着，一会儿虚，一会儿沉，喘不上气来，实在没有力气了，身子顺着墙壁软软地瘫下去，蜷缩在了走廊角落。恍恍惚惚，眼前的一切变小了，变远了，变模糊了，整个世界寂然无声。

无助、恐惧、质疑、茫然……各种感觉混杂，脑子里开始反复出现一个字：癌。

痛意遽然袭上心头，我的每一个细胞、每一根毛发都在疼痛，那恶魔般的痛，将我撕裂，撕成几千片，几万片，痛，痛，痛。

头，埋进臂膀。

泪，决了堤。

好一阵子后，我抹去眼泪和鼻涕，强忍着起身，摇摇晃晃到卫生间用冷水洗了脸，朝镜子里努力挤出微笑，暗暗说：“哭够了，该去看看婆婆了，她还一个人在病房等着呢。不管怎样，我得陪她一起面对。”

拖着千斤重的身子回到病房，我不敢直视婆婆，担心她发现我桃子似的眼睛。我埋着头，死盯着洁白的床褥，使劲压制着，生怕在眼眶里打转的泪水不争气。我始终没办法抬起头来看着她，只摩挲着她的手，颤颤地说：“婆婆，我们还得住几天院。”

“还要住？哎呀，我又没啥大毛病，这两天输了液感觉都不咋疼了。你叫医生开点药，我们回去吃就是了嘛。”

“不行，婆婆，医生说你肚子疼是因为里面有……有一个小肿瘤。”

“肿瘤？是瘤子？”她攥紧我，“是他们说的癌症？”

“不是，不是，你这个只是一个肿瘤，很小很小的一个。恰恰长在了小肠上，只能做手术。放心，切了就没事了。”

“手术？是开刀？”她将我攥得更紧了，“莎莎，我们回家吧，不开刀，我身体好得很，疼过这几天就好了。”

“莫怕，婆婆，我在呢，等医生把它切了，我们养几天就回山上去。”我仍旧没能抬起头来。

“我不开刀，不开刀……”婆婆喃喃道。

“没得事，没得事，手术了就好了，我在，你莫怕……”

“不，不开刀，不要开刀……”婆婆几乎是哀求了。她听村民们说过，人一旦开刀就会大伤元气，甚至可能推进手术室就再也出不来。可是，我又分明听到她自言自语：“我就说进医院要花钱嘛，开刀得花多少钱啊！”

“婆婆，你莫管钱，多少钱我们都要做手术。我已经打电话给爸爸了，他明天就跟厂里请假。”

“给你爸爸打电话干啥子？他们在外面那么辛苦，挣个钱多不容易，莫让他耽搁，还要供你们读书呢……把钱花在我这半截入土的老太婆身上，不值当啊！”

我起身将虚弱的婆婆轻轻搂进怀里，想再安慰她，终究半个字也没说出口。泪从猩红的眼眶飙了出来，我强忍着把哭声吞咽了下去。

关于手术的风险，医生已经讲了好几遍。

我理解医生的谨慎，可是脑中止不住想那些手术台上的画面，大概是受电视剧情节影响太深，那场景如在眼前。

小时候，我是亲历过几次生死的，我都没有怕过；现在，我的的确确是害怕了，我不得不承认。

千辛万苦筑起的心理长堤，在签字时一点点土崩瓦解——握笔的手不停地颤抖，只得用力稳控；好不容易下笔，一笔一画歪歪斜斜，写得委实艰辛。签好一张，护士一翻纸，“这里”，又签一个……再一翻，“这儿”，还要签一个。护士继续翻，我硬着头皮继续签。厚厚的一沓纸，雪白又冰冷。

笔尖凝涩，手指僵硬。

手术安排在两天后。

这天大清早，婆婆下床认真洗漱了一番，弓着身子扎好两个短短的麻花辫。她忍着疼，屡屡拒绝我帮她。

她一向坚强。

她有条不紊地把床头柜的东西规整了一遍，把床上的被褥铺得平平展展，把自己换下来的衣物叠放得整整齐齐……她坚持事事自己来做。也是啊，她这个农村老太婆，一辈子都没闲下来。我就在她身后站着，紧紧跟随，时刻准备接住她——要知道，因为手术需要，前一夜灌肠，此时，她的肠胃里怕是一滴水都没有了，还哪里来的力气？

护士推床进病房时，窗缝挤进来的风微微吹乱了婆婆两鬓的白发，我伸手去抚，手却颤颤巍巍，没能抚平顺。我和护士一起推着婆婆，进电梯，上行，出电梯，走向手术室。

我还想陪着婆婆，可被坚决地阻在了止步线后。我想对婆婆挥挥手，但怎么也举不起来，像负了千斤重担。婆婆平躺着，努力将头抬离床面，干瘪瘪的嘴角边一抹淡淡的笑像花儿一样微微绽放。

手术室的拉门缓缓关上，慢镜头般，一帧一帧，揪着我的心。从小到大，都是婆婆目送我一次次离家返校；这次，换作我了，目送着婆婆躺在推床上，渐行渐远。

几年后，自己也被推进手术室，任凭冰凉的手术刀划进温热的体内，那份恐惧感血液一样汩汩涌出。想想，婆婆当时给我的鼓励和慰藉的微笑是多么让人五味杂陈，那份镇定又是多么令人钦佩啊！

笑容背后，是紧咬牙关的灵魂吧。

门无声关上的那一瞬间，我刻骨的忧愁蔓延开来，没有尽头。

婆婆被置于冰冷的无影灯下，那是一个无可名状的世界，通向重生也通向死亡，通向希望也通向绝望。

我萌生出一股想冲破门把婆婆拽回来的力量，但我又不能这样。医生说的是对的，更何况，是我们自己的决定。

我们再也没有后路了，或者说，我们从来没有后路。

关于婆婆手术的决定，我们花了所有的勇气甚至希望来下赌注。不手术，无法知道肿瘤的性质，如果是恶性，婆婆将在痛苦煎熬中死去；如果是良性，切除后或许有所好转。手术的话，风险是必然的，婆婆快70岁了，即便手术成功，这样大的折腾也是要了半条命；如果真是恶性肿瘤，手术或将加快病情的恶化……

做，还是不做？

做，还是不做？

最终我们一家人的意见出奇一致：选择相信医学，把命运交给医生。剩下的，只能奢求上天眷顾了。

爸爸还摇晃在从浙江赶回来的绿皮火车上。

爸爸是婆婆唯一的儿子，两个姑姑有各自沉重的家庭负担。为了我和弟弟上学，爸妈常年在沿海城市务工。爸妈跟厂里告假，厂里不允，给出的理由是：哪能说请假就请假，厂有厂规！

管他啥厂规，有什么比自己妈妈的生命更重要？

爸爸果断办了辞工手续，买了返程车票。辞工意味着没有收入，也意味着我和弟弟的学费没有了着落，还意味着婆婆的医药费没有了来路。

爸爸走的那天早上，妈妈眼眶猩红，她跟爸爸说："你快回去照顾妈，我留在这里挣钱，反正是计件，大不了我每天再干多些，干快些，你莫操心钱。"妈妈又说："我们就是砸锅卖铁也要把妈治好。"妈妈还说："莫要背思想（方言：背负思想包袱），天塌不下来，总会过去的。快走吧，莫要误了车。"

爸爸本就不善言辞，他辗转反侧了好几个夜晚，想说的话都烂在了肚子里。妈妈懂他，几十年里，他们相濡以沫地走过来了。

爸爸拎着简陋的行囊朝公交站的方向走，妈妈握着陈旧的水杯朝厂子里走，一转身，泪就"吧嗒吧嗒"掉下来了。

他们都有意加快了步伐，生怕慢一些，自己就要被说不清道不明的情绪吞噬。似乎走了好久好久，妈妈忍不住回头，爸爸的身影越来越模糊。其实在妈妈回头之前，爸爸已回望了好几次。

那间他们暂居的破烂逼仄的出租屋，慢慢化作一个点，在这陌生而无根的大城市里，尘埃般微不足道，可偏偏又像一块结在胸口的痂，浓缩着一个时代、一个群体的沉默、孤苦，或者疼痛。

我脑子里盘旋着爸爸乘坐的那趟绿皮火车，巨蟒般缓慢蠕动在悲凉的大地上，六月天里阵阵发凉。“哐当——哐当——哐当——”那凄惶的声音要煎熬心灵四五十个小时。

家具厂打磨车间里，机器声轰鸣嘈杂，木屑粉尘纷扬，像热锅上刚掀开盖的巨大蒸笼，灼热，窒息。简陋的吸尘装置压根儿起不了什么作用，倒是呈现了真实的生活底色，斑驳、疲惫、漂浮、挣扎……妈妈在她局促、拥挤的操作台上手持打磨机忙着活计，躬身俯腰，低垂着头，汗濡湿了发丝，裹满了灰尘，一绺一绺的，随着身子晃晃悠悠。她不能停下来，甚至不能慢半拍，工资是以完成打磨的件数来计算。现在，她手里的活儿是家里唯一的经济来源了。她重复着机械式的强度劳作，尖锐的疼痛从内心涌起、蠕动，不断在肉体与灵魂间痉挛……

我在手术室外守着。

一秒、两秒、三秒过去了，一分钟、两分钟、三分钟过去了，一小时、两小时、三小时过去了……手术室门口的灯一直亮着。时间啊，咋就这么漫长。

期待、担忧、茫然、六神无主……我被一种恶劣的情绪左右着，守在门外，片刻不敢离开。蹲下去，像被人使劲摁着，丝毫无力动弹；站着，又似乎背负千斤，挺不起背，直不起腿，身子不断下沉；而坐下去，就是坐进了蚂蚁的巢穴，无数蚂蚁倾巢而至，疯狂地啃噬肉身；那就徘徊吧，来来回回踱步，直晃得自己晕晕乎乎。蹲着，站着，坐着，徘徊着……蹲着，站着，坐着，徘徊着……到后来，我不知到底自己是要蹲着、站着、坐着，还是徘徊着……

要怎样啊？到底要怎么样啊？

亲爱的你，有过这样的经历吗？但愿，你永远不要历经。

门也曾打开好几次。每一次，我都冲到门口；每一次，都落寞转身。只要一有护士出来，我就立即绷紧身子，瞪大双眼，竖起耳朵听她叫谁谁的家属，每次都不是，身子又重重地沉下来。

差不多时间进手术室，别的患者出来了，为什么唯独没有婆婆？不会有什么意外吧？不，不会的，就算有意外，医生至少会出来解释一下的。为什么要这么久？可能手术难度大吧。婆婆一个人会害怕吗？她很疼吧？这个时候，她应该在麻醉药里沉沉地睡着……两种声音，幽灵一般出没在我本已混乱不堪的脑子里。质疑，说服，又质疑，又说服，自己跟自己斗争，反反复复。

等待区的家属越来越少，日光灯在逼仄的顶棚射出惨白的光。

又熬过一个小时。

门开了，门开了。

“黄大连家属，在不在？”

“在，在——”我几乎是冲刺到医生跟前的，身体前倾触碰到他手中的托盘，猛地一惊，后退了半步。

“你婆婆的肿瘤紧紧包裹在小肠上。我们费了很大力气才剥离了差不多三分之二。”医生示意我看盘中，他顺手用镊子翻动着那个暗黄微红、凹凸不平的肿块。

这便是婆婆腹中的肿块，足足有我拳头那么大，还有许多许多零星小块。天哪，这居然只是三分之二？婆婆腹中竟长出这样的庞然大物！这可恶的东西，经年累月的蚕食，让我亲爱的婆婆化作一片枯叶，飘零在凌劲的风中。

“另一面牵扯到主动脉，我们努力了很久，还是没有办法全部剥离和切除。”

我腿一软：“那，那咋办？还有别的办法吗？”

“我们尝试切除肿瘤覆盖的整段小肠，但是依附面实在太大，也没办法整体切除这段小肠，所以……”

“那……那？”我慌了，“现在咋办？咋办？”

“就是怕你等急了，先出来告知你。目前只能结束手术，缝合伤口。”还得继续让那可恶的肿瘤留在婆婆的肚子里，我的心像被万箭穿透，可是，此刻还能怎么办？我无力地点了点头，视为同意医生的意见。

“你家大人还没回来吗？”医生转身补充道，“样本我们将送检。目前来看，你婆婆的肿瘤多半是恶性的。这颜色，这形状，应该没错，我们有很多临床例子……”

我的身子朝侧后方退了些许，斜倚在外墙棱，从头发到指甲盖都是软的，整个人慢慢瘫坐在地上，泪水陡然奔泻……

手术室外本就愁云笼罩，那一刻，只剩彻骨的死寂，彻骨的寒冷，彻骨的孤独，无边无际。

我第一次体会到了生而为人的脆弱，也第一次觉得自己是真正意义上的大人了，自己得成为家人挡雨的屋檐，成为家人避风的港湾。

可我还是放纵了自己一次，彻底当回了孩子——哭得昏天黑地。

婆婆被推出重症监护室，已是晚上8点多。医护人员把婆婆从移动医用床抬起，放到病房的病床上，将她安顿好，又叮嘱我具体的注意事项。

足足12小时后，我才见到我亲爱的婆婆。

我躬下身子，小心翼翼地理顺她身上的每一根管子——吸氧管、留置针管、腹水引流管、止痛泵、导尿管，还有监测心率、呼吸和血压的监测仪导线……

这一根根管子和导线，都是婆婆的生命线。

从第一根管子到现在一根又一根的管子，每一根管子和婆婆产生关联的时候，我都默默复述几遍医生的科普，以说服自己，安慰自己。每根管子都有它存在的理由，都迫不得已。

我也迫不得已。

婆婆更是迫不得已。

婆婆的脸惨白如蜡，没有一丝血色，双眼凹陷进去，半睁半闭。贫瘠的嘴唇龟裂开来，我用棉签蘸水后一遍遍地轻轻涂抹。麻药时效已过，我无法体会一尺来长的层层切口下是怎样的疼痛，然而，婆婆一声没吭。我分明听到了她牙齿紧咬的声音。汗珠从她额上的凹处源源不断地渗出来，溢满沟沟壑壑。

我用温水浸润过的毛巾，轻轻给婆婆擦拭。她憔悴的脸庞被汗水包沁着，在灯光下，如一件展品，清晰地呈现在眼前。我好像是第一次这么近距离打量这张我自认为永远也不会忘记的脸，包括脸上的每一个细节。

我俯着身子握着毛巾，僵在了那里。与此同时，我被一阵来势汹汹的酸楚裹挟。

这哪里还是我那个硬朗的婆婆？

我真想狠狠扇自己几耳光，我宁愿没有颤颤巍巍在家属栏签下自己的名字，没有将婆婆送进那幽深的手术室。这样的决定，是对，还是错？

如今，这纵横交错的各种各样的管子里，有液体流淌进婆婆极度虚弱的身体，是消炎药、止痛药，支撑着她的生命；也有液体溢出她伤痕累累的身体，是引流、尿液，带着薄凉的体温。一滴又一滴，流淌，很慢，很重。一种生命的循环，牵牵绊绊里竭尽全力地循环。

“婆婆，我们要翻个身。”我一万个不愿意在这样的时候翻动她的身体，但是得遵医嘱。

婆婆虚弱地躺着，半睡半醒。病房里的病友家属一起围拢到床边，有的扶，有的翻，有的拎管子，有的理被褥。婆婆皱着眉头，忍着；我的鼻子已酸痛到无法呼吸，眼泪涨满了整个眼眶，忍着。

夜已深，窗外一片深黑，望不到尽头。

隔壁病房含混着鼾声和呻吟声，楼上窸窸窣窣的脚步声，走廊上有家属压低声音商量后事，护士站偶尔响起呼叫铃声，混杂着啜泣声……

我伏在床边，守着婆婆，寸步不离。焦虑、失衡、迷茫，我几乎处于崩溃的边缘。但是，比起婆婆承受的痛楚，我所经受的又算得了什么？

我想，婆婆瘦弱的体内定是有一片海。这海，得有多大？年轻时，容下了那么多的苦难，晚年又要容下这疾病。幸福是这海水里的盐，得用生命的阳光去暴晒。

上苍啊，你怎么忍心把可怕的病魔降于这个苦命的女人？这个本已困窘的家庭要如何承受重负？为什么？为什么？为什么……

可是，真的没有为什么。生活从来不缺少苦难，雪上往往是加霜。

两天两夜的疼痛后，婆婆终于熟睡了。

这一夜，我照例握着她瘀青的手，清醒一会儿，迷糊一会儿，不曾放开。拂晓前，婆婆醒来，她努力蠕动身子，晃悠悠地扯起薄被想给我披上："莎莎，盖到起（方言：盖着），莫着凉了。"气若游丝。

谁能想到，在我最难熬的时候给予我力量的，竟然是困在病床上的婆婆。

婆婆，始终是我心中的那个婆婆。爱家，爱儿孙，爱一切美好事物，不停地给，不停地爱。什么都不能改变她的样子，苦不能，病也不能，途经她的一切厄运都不能。

婆婆啊，我亲爱的婆婆。

医生说："你们要接受医学的有限。"

我们也知道，生命是一个轮回的过程，疾病是一种客观的存在，是人不能改变也无力改变的事实。接受疾病和生命同在，接受医学的有限，这才能心平气和地面对。

可是，说到容易，做到真的很难。

医生给出的化验结果：恶性肿瘤。

我们不甘心，也不认命。尽管医生已经宣布"不可逆""不会好"，人类的本能，依旧会怀抱希望，希望我们的希望有希望，哪怕只有一丝一线。或者，那是一种压倒式倾向的侥幸心理。但与此同时，我们也心照不宣地在为那个最坏的结果做着某种程度上毫无意义的心理准备。

爸爸带着我们理想中的期望去了省医院。

接到爸爸电话时是下午三四点，婆婆暂时睡着了，我才在病房吃午饭。爸爸说："莎莎，莫得希望了……"他声音低沉。

我并没有停下，甚至大口大口吃着饭菜，眼睛盯着前方虚无的一处，水汽很快涨了上来，凝聚成泪，从眼眶里滑落出来……

好像只有在疾病面前，人才是平等的，没有高低，没有尊卑。

住院大楼进进出出的都是匆匆忙忙的身影，有多少病人就有多少陪护的家人，或者，陪护的人还要多一些。其实，陪护的人往往比病人还要焦灼、沉重，甚至痛苦。

都说，家有重病人，家人也可能成为病人。怎样才能不成为病人？也许，没有通用的药方。可只有自己不成为病人，才能更好地照顾病人。

我和爸爸守在病房，各种各样的药瓶，各种各样的琐细……我们努力调整自己，让自己绝望的神经不至于绷断。

陪伴，也许在父母长辈年轻的时候并不显得那么重要；而当他们年老以后，特别是重病在床的时候，陪伴就是一剂良药。还有一种必需，是精神需求，是病人更需要的。对子女来说，陪伴也是更直抵内心的需求。

在医院陪护的日子里，我切身体会了那种生的意志在身体的困境中奔突，要与时间抗衡的生命韧性。在这之前，我一直觉得死亡离我还很远很远，近不了我年轻的身心。医院待久了，感悟渐多，每个日子都仿佛浸着泪水。每个人的生命都只有一个去处，到那个去处的路程，可能还很长很长，但也可能近在咫尺，令人措手不及。

世上所有的软弱伤残、孤苦病痛都汇聚于医院。大概，在逼仄之隙，更容易思考人生。

病房是一场无尽头的流水席，热闹地迎来送往。有的人痊愈后像捡了天大的便宜高高兴兴回了家，有的人拖着伤残的病体心存侥幸地出了院，有的人在弥留状态下不舍地离了世……

病房也是一个人性的放大镜，可观人间百态、众生万象。父子、母女、妯娌、兄弟、夫妻、情人……各种纷繁复杂的关系轮番在小小的空间里上演，暗潮汹涌。差不多的伦理纲常，差得多的人性演绎，浓缩而又鲜活，连绵不绝地直播着人间的悲喜长剧。

我在看剧，也身在剧中。

婆婆的伤口慢慢愈合，能勉强正常进食。我便每天下楼给婆婆买一日三餐。

医院对面的一排小馆子，都在门口摆上大蒸笼，盖子一揭，白茫茫的热气腾地涌出来。“来，坐，凉面、稀饭、包子、馒头、面条、米粉、炒饭，看看吃点啥？”店家精力充沛，整天招揽生意。来这里的，要么是病人，拄着拐杖的，打着石膏的，被搀扶着的……病房待得久了，出来透透气也是幸福的，哪怕只是一顿饭的时间，当然，婆婆没有这个福气；要么是病人家属，有像我一样点了餐匆匆忙忙打包回病房的，也有自己忙里抽空坐下来扒拉几口的……

多像是战场，看不见硝烟，敌人的力量却势不可当。有人说，人这一生，只要活得足够长，终归是要上一次战场的。我想，我们的敌人不是病，就是老，或者又老又病。我们缠斗，或有得胜的可能，但最终都逃不过死亡。

医生说："最多半年。"

半年……

我细化到具体的每一天。每天睁开眼，看到的是婆婆；每天睡前，看到的是婆婆；半夜醒来，看到的还是婆婆。

喂她服药、吃饭、喝开水，给她梳头、洗脸、擦身体，扶她下床、走动、上厕所……随侍在侧，日日夜夜。

"古话说，竹子都靠不住还靠什么笋子，大姐你是真有福气呀，这么个好孙女儿哪里去找？"病房的病友格外羡慕婆婆，"现在的娃儿哪有这么孝顺的，自己的儿女都服侍不到这个分上。"

在病友和家属们看来，一个娃娃能够对婆婆尽心尽力周到地照顾，实属难得，令人感佩。

小时候，我趴在婆婆背上，头搭在她的肩膀上，看见辽阔世界的模样。婆婆拉着我，陪我歪歪扭扭蹒跚学步，也陪我走过漫漫山野路。后来，我阅过山川无数，最好的风景还是儿时与婆婆在一起的极其局限的见闻。走出了大山，却走不出婆婆的挂牵。婆婆是扎根在我心头的那棵大树，为我遮风挡雨，为我守着归途。她的爱和大自然一样，无私且绵长。

我是跌进了婆婆的温柔，再学会了婆婆的坚强。

过往的日子里，不是婆婆无所不能，而是她为了我，为了这个家，倾尽所能。如今，我需要直面婆婆此生为数不多的时光。躬身敬慈恩，只愿陪伴能够长久，只愿孝心温润生命的黄昏。

有了痛苦，才更清楚幸福在哪里；越是不幸，越对还能拥有的深怀感恩。婆婆的呼吸，就是那时我唯一欢乐的源泉。

我自私地想要自己欢乐得更久一点，尽管我知道，每一天对婆婆来说都是煎熬。

我好想还有一个半年，两个半年，三个半年，好多个半年……再多的半年也不够啊！

怎么会够呢？

我是多么后悔，后悔送她入院那天的路上，没有拉着她慢一点儿走，跟她指一指哪儿是服装店，哪儿是饰品屋，哪儿是餐厅，哪儿是百货商场……

别说是婆婆，我读高中之前也没能走出过小镇，第一次到城里也一样找不着北，一样欣喜和慨叹，一样莫名地忧伤。这几年的求学生活让我见了世面，我也曾一遍遍给婆婆描摹山外世界的模样。我想着，等我毕业工作攒了第一笔钱，就带婆婆来城里转一转；我想着，将来在城里有个温暖的小窝，也接婆婆过一过城里人的生活……

突如其来的疾病，让我根本没有压制住内心的焦虑。我确实接婆婆来了广元，但她第一次入城就直接住进了医院。这个城市，于她而言，就是白色的病房，透明的液体，白色的药片，以及窗外那几家做着病人和病人家属生意，昼夜营业的店铺散发的微光……

人们习惯用“这都是命”这类理由来为某件事开脱或者劝慰遭受某件事的人。可有些事，我们明明可以全力以赴的，明明可以未雨绸缪的。未来和意外，谁先来，天知道……

坐在婆婆的病床边，我总是能透过被子，透过衣服，透过纱布，看到那条30厘米长的巨型蜈蚣带着血迹趴在婆婆的肚子上。可以肯定的是，那瘆人的伤口也永远留在了我的心里，难以抹去。

我希望，每一个我认识和不认识的人，喜欢和不喜欢的人，这一辈子，永远不要和“癌”字沾边；希望每一个努力生活的人，在满满的打拼日程里留出哪怕一丁点儿空隙为健康考虑；希望每个人都能为自己、为长辈完成一年一次体检这个对生命最低的保障……

我的嗓子被泪堵着。这夏夜的风，可真凉。

婆婆极度渴望春天的到来。

每次回家看婆婆，她都和以前一样朝我抿嘴笑，慈祥而轻柔。

几十年时光的平平仄仄里，有婆婆的浅笑，便觉着温暖安然。

枝枝叶叶生离

一个月后，我们出院回家。

把婆婆扶进家门那一刻，她热泪盈眶："总算拢屋（方言：回家）了，死也要死在自己屋里。"

"呸呸呸，婆婆你说啥死不死的话呢，我们这不回来了嘛，再养段时间就完全好了呀！"

"嗯啦，嗯啦。回来了就好，回来了就好。"

家不仅仅是一个吃饭睡觉的地方，里面承载的是时间，家里有长时间和家人共同生活的印记和让人安心的熟悉的气息。在家里，怎么都舒服；在医院，怎么都难受。后来，我才懂得这道理。

关于病情，尤其是不治之症，医生只会告诉病人家属，家属不会轻易告诉患者，这几乎成了医生和患者家属之间的一种默契，至少在10多年前大多是这样的。

人们讳言疾病和死亡，大多选择“不严重”这个善意的谎言。要不要告诉婆婆实情，我们思量了很久。

爸爸说：“还是不要跟妈说，反正我们尽最大努力治。”

妈妈说：“妈一向心思细，莫给她增添思想负担了。”

弟弟说：“瞒一天算一天吧。”

心疼婆婆，舍不得让婆婆再承受心灵的苦楚。我们是不相信她的精神力量，还是对自己的心理承受力有足够的信心？

我们总是以为，一直与疾病搏斗，奋力求生，才是面对疾病该有的态度。可能对于癌症患者而言，他们倒是希望知道真相，自己判断利害得失，自己决定接下来的选择。不同的患者，不同的家人，不同的环境，因人而异的选择。

治愈无望的时候，尽可能减轻痛苦，避免挣扎，平和地、有尊严地走完这个过程，也是一种对生命的尊重吧！琼瑶在面对成为植物人的丈夫时，面对生死关头时，才发现：如何做无悔的医疗抉择，笑着谢幕，也是另一种生命的勇者。

当然，这都是后话了，面对婆婆，我们都没能力做那个“勇者”。在一些节骨眼儿上，理智和情感是胶着在一起的，根本掰不开。我们用谎言为婆婆构筑了一个希望的彼岸。

耳边总回响起婆婆的声音：

“我还不想死，现在社会这么好，还没活够，一家子在一起的好日子哪有个够？”

“莎莎就快大学毕业了，成成也要考大学了，他们就快熬出头，走出这穷山沟了。”

“想看莎莎找到一个好人家，把她托付给一个可靠的人，我才放心呀。”

……

婆婆喃喃自语，是茫然中的热盼，是对于生的渴望，是对我们的眷念。

婆婆啊婆婆，好日子哪能没有你！

当生活被迫现出原形之后，才理解生命的惊喜在哪里——活着，才是最大的惊喜。也因此，我们大多时候选择了一种让彼此都煎熬的方式，来勉强延续这种微弱的“惊喜”。

在医院的时候，婆婆问过我，为什么她的输液袋是包起来看不到颜色的。我望着那深褐色的输液器，只说这个药特殊，需要避光。病友也好奇，借以询问婆婆的病情。我也只说一个肿瘤而已，已切除，良性的，没有大碍。常常是说完便借故上厕所，短暂逃离，躲在阳台擦干眼泪，再挤出微笑，回到病房。

药水匀速地一点一点滴落，再流进胶带固定下的留置针头，继而进入婆婆体内。

如果，时光倒流，再一次站在抉择的路口，我该如何？

如果，是你，你该如何？

妈妈也辞工回了家，专门照顾婆婆。

曾家山平均海拔1400多米，进入10月，天气就凉了。农村每家都有一间屋子，支起火炉专门用来取暖，我们称之为火房屋。

婆婆就躺在屋内的旧沙发上，爸妈定时往炉中添加柴火和煤炭，整个屋子始终暖烘烘的。

婆婆的体力越来越弱，但她坚持到厕所方便。农村旧房子的厕所建挖位置一般都距屋子较远。就算再远，婆婆都要下地，一步一步挪到厕所。

她的自尊，我们都懂。

后来，我们将婆婆转移到了卧室。她仍不肯在床上洗漱或是方便。每天早上，她一丝不苟地洗完脸，又竭力地反手把头发梳到耳后，编好辫子，整理好碎发。一切收拾妥当，她才安心躺回到床上。

再后来，婆婆实在体力不支，无法下床。她依旧是艰难地坐起来，洗脸、梳头，像是太阳每天都要升起，是仪式，也是习惯。

妈妈给婆婆梳头时格外小心翼翼，生怕弄疼了她。在这个阶段，哪怕断一根发丝都可能引发婆婆钻心的疼。婆婆头发掉落得厉害，妈妈不想让她知道，总是悄悄拾捡。“哎，这头发越来越少了。”终究，什么都瞒不过婆婆。

当婆婆不能自主大小便的时候，她的内心很痛苦。看得出，她每次都试图自主解决私密难题，可她实在没有力气了，万般无奈，困在了床上。

“真是没得用了。”她常愧疚地说，“我这病砣砣儿（方言：多病的人），成天这个样子，把你们拖累了……”

婆婆的歉意和无奈与无助我们都明白。我们会给她做一些必要的遮盖，因为她在意，我们也要在意，即使到最后的时刻，也要维护婆婆平日里的体面和自尊。

那时，我甚至觉得生活中最好的事情，或许只是你能自己去卫生间那么简单。

不管是头疼脑热，还是农活在即，婆婆宁愿少睡一点儿，都要将自己收拾利落，一辈子都是这样。婆婆不是一个在意打扮的人，她生活的时代和环境也不可能让她有条件精致地打扮。她的衣服鞋袜都很旧，却格外干净。到猪圈里喂了猪出来，都要仔细擦拭一遍鞋边和裤脚。她用过的唯一的护肤品是黄芪霜。可不管什么时候，婆婆都是精精神神、干干净净、利利落落的，当然，在我眼里，更是漂漂亮亮的。

如今呢？

树怕藤来绕，人怕病来磨。

婆婆的病情越来越重，呼吸深大，没能侥幸，还是生了腹水，肿胀得厉害。皮包骨的小身躯支撑着圆鼓鼓、明晃晃的大肚子，密集着网状般的血管。我瞄一眼，便迅速移开目光，却又在巨大的痛苦中受某种力量的拉扯，目光重回到婆婆身上。她已苍老成了一个影子，可体内的恶魔依然疯狂地在涌动，在蔓延，让她不得安生。

爸妈带婆婆到镇上医院抽过几次腹水。当那些黄黄的、黏黏的液体被抽离，婆婆能暂时轻快一阵子，不过，只是一阵子，不久后，又胀满了。

让婆婆备受煎熬地多活几天，还是顺其自然早日脱离痛苦，两者间，需要做一个选择，这何其艰难。

明明知道，药物已经没有任何作用了，爸爸还是决定给婆婆买抗癌止痛药。每次吃了药，婆婆都说，感觉没那么疼了。其实，她从未摆脱过肉体和精神的折磨，大概是疼得麻木了，抑或是心理作用。

婆婆一直以为那药物价格就跟头痛粉差不多，要不然她无论如何也不会让买的。

事实是，那药贵得要死。几个月来，我们花光了所有的积蓄，还欠了不少债。“咋办？还买不买？”爸爸陷入两难境地。妈妈说：“买，咋不买？妈活一天我们就买一天。只要妈觉得喝了好受一点点，我们都买！钱打水漂就打水漂。”再难，对于买药，爸妈眼睛都不带眨的，买，买，买。

或许，在旁人看来，爸妈实在太傻，何必糟蹋血汗钱。到今天，我依旧无法对那时爸妈的选择做出对与错的判断，但我深知，他们给予我的是榜样的力量，是孝道的力量，是血脉亲情、生死与共的力量。

这力量，足以滋养我一生，也将滋养我的孩子，孩子的孩子……

无药可治的时候，只剩陪伴，这是无关药效的药。

婆婆开始是吃一些流食，后来就只喝一点玉米糊糊。她半倚在折叠起来的被子上，我喂她，她很乖巧，吃完还张开嘴让我看看，以示她都咽下了。婆婆多像个孩子，而我成了家长。我不禁嘴角微微上扬，很快，疼痛感便弥漫全身。我别过脸去，不敢再多看婆婆一眼。

生老病死是硬邦邦的规律，谁也逃不过。想来，能无疾而终，是一个人天大的幸运了吧；或者，病得干脆利索，一病就去了，倒也算好福气。

生命的流光一寸一寸从婆婆的身体上消逝。阴影里，婆婆花白的头发以及被岁月犁出的皱纹，先是闪现，继而消隐，终究归于无边沉寂，像青瓦屋檐的隐喻。我，我们，不能减轻她的煎熬和痛苦，哪怕一丝一毫。我能做的，只有隐藏内心最深沉的恸，默默陪她走完从枝头飘零到地面的最后一程，这漫长的时光。

开学后，我不得不回学校继续完成学业。每隔一段时间，我都请假回家看婆婆。多看一眼婆婆，就是赚到。每一次回来，我都想着下一次，再下一次，一次又一次回来看她。

尽管医院早就宣判婆婆已经走到了人生尽头，我却始终怀有幻想。我不敢去想婆婆的归期。或者说，我将我执意的爱，变成了自己和所爱至亲痛苦的枷锁。

我成了一个战战兢兢、胆小如鼠的人，头上的达摩克利斯之剑仿佛随时都可能砸下来。我一直逃避着婆婆生命的终止符。

“最沉重的负担同时也成了最强盛的生命力的影像。负担越重，我们的生命越贴近大地，它就越真切实在。”这是土地上的生存法则，也是婆婆的生命写照。

熬过这个冬天就好了，我总说，对婆婆说，也对自己说。婆婆极度渴望春天的到来。每次回家看婆婆，她都和以前一样朝我抿嘴笑，慈祥而温柔。几十年时光的平平仄仄里，有婆婆的浅笑，便觉着温暖、安然。

婆婆的笑，除了爱，更多的是善良，是朴实，是厚道，是宽容，是隐忍，是坚强……

那微笑，是好天气，总令人心生欢喜。

哀乐，一荡一荡地萦绕在灵堂内外。

这世间，最爱我的那个人——不在了。

雪幕

妈妈辞工回家全身心照顾婆婆的几个月里，熟谙婆婆的每一次呼吸，以及每一丝疼痛。

那天黄昏，天色阴沉，紧接着狂风大作，强烈的预感在妈妈心头颤抖开来。妈妈索性靠在床头将婆婆半抱在怀中，捂好被角。

有一度，婆婆明显精神了些，她跟妈妈说："我也该走了，把你们拖累这么久。你们以后好好过日子，妈再也帮不了你们啥了……"

沉寂……

婆婆想再说点什么，已经没有多少气力。

她的唇翕动着，呼吸一下希望说出一个词，呼吸一下希望说出一句话，呼吸一下积聚力量，为了最后的心愿。

妈妈的耳朵紧绷着，朝着婆婆干瘪嘴唇的缺口处。妈妈必须听到，不能要求她重复，也不敢要求她重复，妈妈的耳朵只有一次机会。

又一次沉寂……婆婆的嘴再次微微张开……如一根微

醉的线艰难地穿过针眼，婆婆最后一丝气息终于被妈妈听清了……

“我想，想再看一眼莎莎……”她说。

婆婆干枯的眼角沁出泪来，呼吸越来越短促，继而越来越微弱……

爸爸、大姑、二姑围拢在婆婆的床边，叫着：“妈——妈——”

婆婆的手软下来，垂在了床边，头也歪在了妈妈的怀里，慢慢闭上了眼。

一屋子人哭出了声。

婆婆走了。就这样，简单地……

窗外，那些漫天飞舞，开在空中的花，很快便纷纷落地，成了雪。

用一次长途飞翔，完成了生命的盛放与凋零，无须比喻和象征……

雪花，如是。

婆婆，如是。

暑假的两个月，不论是医院还是家里，我一直服侍着婆婆；开学了，我不得不继续学业，但常常回家看望婆婆。

每次请假一天，加上周末两天，路上来回就差不多花费两天，实际在家只能待一天。我极不情愿返校，但学业容不得太多耽搁，总是来去匆匆。

转眼，快期末考试了，那天走之前，婆婆用她瘦骨嶙峋的手拉着我，摩挲着我的手，笑盈盈地嘱咐道："专专心心学习，认认真真考试，莫要挂牵我，我很好。"

那时，从老家到南充市要转好几趟车，早上出发，抵达学校，已是夜晚，我疲惫不堪，倒床便睡着了。

睡意蒙眬中，电话响起来。

是妈妈打来的……

撂下电话，我胡乱裹了衣服，疯一样地冲向火车站。深冬时节，黎明时分，我看不到曙光，全身都在战栗，冷到了骨子里。

仰面而泣，鼻涕横流。

为什么上天这么残忍，就不肯垂青一个可怜的老人和一个可怜的孩子啊？潜意识里，一直有着与婆婆永别的恐惧，我在一种近乎麻木的状态下自我欺骗和逃避。以至于，那一刻来临，我接近崩溃。

婆婆是在凌晨两点走的，而妈妈忍着悲痛直到凌晨六点才打电话给我。

仅仅离开一天，我终究没能守在床前，终究没能看到婆婆最后一眼！

婆婆，这一尾孱弱的鱼，在岸上挣扎了太久太久，如今，她再也不用与困难的呼吸抗争了，而我们，永远失去她了……

呜呼！

从南充出发，抵达成都，在成都转车去广元。绿皮火车缓慢蠕动在一片灰色之中。“哐当——哐当——哐当——”火车与铁轨沉重的摩擦声贴合着我泪水的滚落。

途经江油火车站，在江油中学读高中的弟弟上了车。他靠在我肩上，良久，低沉地说：“姐，我们没有婆婆了。”泪水再次泛滥。

想起那年外婆离世，弟弟还不到3岁。出殡时，爸妈没有带年幼的我们去。复三那天，弟弟趴在坟头问：“外婆呢？”

“成成，你外婆在里面睡着了。”大人哄道。

“外婆，外婆——”弟弟一边哭一边把他的小手伸进垒起的坟头石缝中，攒劲儿想掰开，“你们咋把外婆放在这里面？外婆，你快出来啊！外婆，抱抱娃娃呀！”哭诉着又转身朝着眼眶猩红的大人们叫道，“你们快点把外婆弄出来呀！弄出来呀！”弟弟像是被粘在坟头，任凭妈妈怎么抱都抱不起来。所有人嘤嘤呜呜哭作一团。大雪，继续下着。

十几年过去了，弟弟长成了高高大大的小伙儿。他抹去我满脸的泪水，说：“姐，不哭了，我们不哭。”

抵达广元站，天色已晚。

行至北门汽车站，已冷冷清清，我们错过了晚班车。因为大雪封山，这几日也很少有车往返曾家镇。

在我们的苦苦哀求中，一个面包车师傅才同意高价载我们回去。在朝天中子镇的半山腰，我们冒着寒风和大雪，拴好防滑链，颤颤巍巍往前移动。有时，车子会侧滑或者后退；有时，需要我们下来推着车走。没有任何退路，在九曲十八弯的山道上，只有厚厚的冰雪和拼命往前的我们。

昏暗的车灯中，大雪纷纷，从黑暗落向更深的黑暗。

万幸，我们平安抵达曾家场镇。

一整天滴水未进，加之彻骨的寒冷感，我和弟弟哆嗦不已，牙齿磕得嗒嗒响，我们决定找家小饭馆垫垫肚子再往家里走，还得步行一两个小时呢。

我们僵硬着身子在饭馆火炉旁坐下来，勉强缓了缓神。老板娘很是热情，煮了两大碗热气腾腾的面条端到我们面前："娃儿们，快吃。"一口面条下肚，冰火相遇，灼烧感涌上心头，冒着雾气。

"你们这么晚从哪儿回来？"老板娘问。

"广元。"

"路不好走吧？这回雪下得大哟！"

是啊，前一日早上离开的时候并未下雪，是婆婆去世的这夜，才雪花漫天的。

"你们家是哪里的？"

"吊滩河那边的。"

"哦，今天那边有户人家过事情（方言：办酒席），央（方言：请）了几十个人来街上背东西回去。哎……恼火得很！"

我们哪里还吃得下，放下筷子，泪雾迷蒙中往家赶。

靠着冰雪反射的微光，我们在寒风里摸索着前行，总觉着身后有什么东西如影随形。枯草丛中时不时簌簌作响，让人不禁浑身一凛，头皮发麻，鸡皮疙瘩密密地涌上来。我瑟缩着身子，裹了裹上衣，弟弟拉紧了我。我们加快脚步，路太滑，几乎是连滚带爬。

到家，夜已深。

远远的，我看见了躺在堂屋的婆婆。

妈妈拉着我缓缓走近。婆婆躺在灵床上，盖着寿被，我呆呆地站在她身旁。

到这一刻，我仍不愿意相信婆婆已离我而去，她只是沉沉地睡去了，那么安静，那么安详，像往常一样。

“莎莎，给你婆婆上炷香，烧点纸吧！”

我恍然回过神，意识到婆婆真的不在了，心里一遍遍地喊：“婆婆啊，婆婆，你醒醒呀！你起来啊！”

可是，唤不醒了，唤不醒了！

泪珠滚落，一颗，两颗，三颗……啪嗒，啪嗒，啪嗒……

她再也不会温柔地唤我的小名“莎莎”，她再也不会在锅里给我留着温热的饭菜，她再也不会早早搬出我的棉花被褥在阳光下晒得如云朵一样蓬松，她再也不会笑呵呵地从灶孔的草木灰中掏出一个烧好的土豆递给我，她再也不会在厨房忙碌大半天为我准备带去学校的食物，她再也不会将我冰冷的身子捂进她温暖的怀中，她再也不会嘱咐我安心学习，不要操心屋里，她再也不会拉着我的手说那些只属于我俩的掏心窝的话……

如果可以，我愿用一切，甚至生命，向苍天挽留。

慢一点，慢一点，让婆婆再多点健康，多点时间。

慢一点，慢一点，让我奔跑，让我再次穿过崎岖的山路奔进她的怀抱，享受那爱意里的温暖。

慢一点，慢一点，我还有好多的计划要完成，还有好多的想法要实现，星星点点，像早春的阳光铺满天。

慢一点，慢一点……

我曾无数次想用自己一生的学问、成绩和生长的力量，来回报婆婆此生的养育之恩。总是觉得，等我毕业了，找到工作了，来一一付诸实践，是来得及的。毕竟，人生还那么长。可是，当我还在追逐和奔忙，转身，才发现好几年没有好好陪她了，才发现最重要的幸福已然没有机会享用了……

哀乐，一荡一荡地萦绕在灵堂内外。

这世间，最爱我的那个人——不在了。

雪，还在下着，洋洋洒洒。

次日下葬。

婆婆被装进了那个冷冷的、黑黑的、孤零零的棺材，由村里的汉子们抬着上山。

这棺材，好些年前就已经打好，一直搁在家里的虚脚楼下。我好像一直不去想谁会用它，多久会用它。如今，隔着木板，隔着阴阳，我依然嗅到了婆婆的气息，淡淡的悠长的清香。

烧纸鸣鞭，子女孙辈们匍匐跪倒，擗踊拊心。

妈妈哭："莎莎，妈妈再也没得妈了！"

我哭："妈妈呀，我也没得婆婆啦！"

大姑婆哭："妹儿呀，你咋就走到我前面去了哟！"

二姑婆哭："嫂嫂啊，我的嫂嫂啊，你一辈子命苦，咋就没等到享享娃儿们的福！"

三姑婆哭："嫂嫂哟，我们妈走得早，你待我们的好我们都记得到，可你倒是多给点时间让我们回报啊！"

大姑、二姑早已泣不成声。

来自四面八方的亲朋好友们，眼眶通红，忍不住潸然泪下，甚至大放悲声。坟地上，哭成一片，唱叹着那些关于婆婆的点点滴滴，长江水一样涓涓不止。谁能舍得这样一个好女人？

阴阳先生劝说："终于离苦得乐，往生极乐世界，入土为安吧！"

泥土是时间的舍利，是神的作坊，是万物的前生与后世。婆婆这一生扎根泥土，也必将归于泥土。

我捧起黄土，为婆婆覆上。这土，是过去的一切，也是未来的全部。这土，是梦的堆积，魂的交叠。

我们又将精致的灵屋烧给婆婆，她这一生栉风沐雨，愿这灵屋能安放婆婆的来生。

雪，很快白了婆婆的坟头。

我清楚，我将终生属于这里，属于川北这个叫曾家山的地方，属于埋葬着我亲爱的婆婆的这片深情的黄土地。

土地，是每个人的来处，是万物的来处，也必将是每个人的去处，以及万物的去处。

念去去

婆婆走前心心念念的是我。

婆婆下葬的次日，妈妈将一个包裹交到我手中，说是婆婆留给我的。

我小心翼翼地打开包裹着的旧红布，里面竟是婆婆当年的嫁妆。在那个年代，在那时贫穷的农村，几件银饰是何等贵重，婆婆一辈子都没舍得佩戴。

我记得，儿时，遇到下雨天，婆婆收拾完家务会挤出一点点时间，她轻轻拉开木衣柜门，将手伸进木匣子下方，用手掌往上抖一抖，木匣子些许松动后，再捏住细窄的木把手缓缓拉开。淡淡的木香味和隐隐霉味儿扑鼻而来，湿润润地渲染在记忆里。

婆婆取出匣里的包裹时，总是极轻极轻，打开时，总是极慢极慢。她和那些银饰一一亲近几回便又小心谨慎地包好，放回原处。银发簪，银手镯，银耳坠，银戒指，古老的手工技艺，古朴的雕花图案，泛着微微的银光，惹人喜爱。

“婆婆，这么好看你咋不戴呢？”

“哎呀，你看我这一天忙来忙去的，戴上不是糟蹋东西吗？”

“哦……”我直勾勾盯着那饰品。

婆婆当然知我的小心思：“莎莎，你喜欢？”

“嗯！”

“等你长大了，嫁人的那天，婆婆把它们全部给你，好不？”婆婆乐呵呵地抚摸我一头乌黑的齐耳短发。

那时，我还不明白何为嫁人，红扑扑的小脸上一双大眼睛眨呀眨。在婆婆的呵护和爱怜下慢慢长大，我竟开始遥念嫁期，向往早日成人，留着齐腰长发，然后在一个明媚的清晨，端坐在梳妆台前，淡扫蛾眉，轻抹胭脂，斜插发簪，穿耳戴坠，着红红的嫁衣。当鞭炮响起，等着所等的人推门而入，回眸，倾倒一人之城，足矣。

这样想着，想了好多年。婆婆最珍爱的宝贝一直静静地在抽屉里等着，等着……直到我真的长发及腰。婆婆终究还是没有等到亲手为我戴上，没有等到送我出嫁的那一天。

好些年过去了，我仍然护着我早已及腰的秀发，像护着婆婆留下的首饰一般。

其实，婆婆何尝不似那些银饰，有着自己的风，自己的骨，自己的微光与饱满，底色清亮而自然。

莽苍苍，绿莹莹，望不到边际的茂密森林环裹着大片大片的草地、田野，绿意起伏，葱蔚洇润。一株株野百合，开着纯纯的花，蜜蜂们欢笑着环绕在那浅浅甜甜的香气里。

婆婆站在田埂上，身上的黑白菱格衬衫在风中微微扇动着，分明是蝶群中最柔婉的那只，小憩在花草间。她漾着笑意，朝向我这边。我撒欢儿跑过去，扑倒在她暖暖的怀抱里，一如从前。然而，失重般的坠落感袭来，我在惊恐中发现，婆婆如烟般渐渐消散，身后竟是一座坟茔的模样，草木环绕，幽幽森森。一眨眼，等我再细看，婆婆的身影再也找不见……

梦，短短长长，像从坚硬石缝中冒出来的小草，长了又割，割了复长，平添几多惆怅。

婆婆穿过的衣物和使用过的部分物品，依照祖宗传下来的规矩，都被清理处置了。只有那间我和她睡了十来年的屋子里，一件家具也没动过，一切摆设都原模原样。物品不只是物品，其背后的故事、光阴、意义，和使用过它、爱过它的婆婆的生命痕迹，融汇在一起。空气里有着灰尘和婆婆的气息。

一个人的生命感受不只来自时间上的传承，也来自那种空间上的凝视。

我用床上身边空着的位置思念婆婆，用醒了一夜又一夜的灯光思念婆婆，用眼中的红血丝和无休止的辗转反侧思念婆婆，用缕缕叹息和眼角擦了还流的泪水思念婆婆……是不是我不长大，婆婆就不会生病，不会变老？是不是我再撒撒娇，婆婆还会像小时候一样把我举高高？

很多时候，我都觉得婆婆没有离世。和平常一样，她叫我“过来吃饭啦”，叫我“起来走走，做作业坐得太久啦”，叫我“快洗了脚上床睡瞌睡啦”……与至亲离别，满怀彻骨之痛，于是想要躲起来，试图把自己也骗过，这是情有可原的吧。

想起世间这些无法抵抗的生离死别，总是油然生出一股恨意，恨世间好物不坚牢，彩云易散琉璃脆，恨为何给过这样的温暖，又从生命中生生剥离出去，像剐掉血肉一般，疼啊。可这恨常常又是招架不住的，只好把最深切的怀念埋于心底，甚至筑起不可提、不可碰的“禁地”。

不敢轻易想起，一旦想起，就是海啸来临，幽深的相思着实比海要深得多。

即便知道云垂将晚，仍格外贪恋婆婆的温婉恬淡。婆婆那黄昏暮霭，柔柔地洇染开来，轻徐地飘荡着，融入我们一起拾柴放牛的树林，趋经我们并肩挽手走过的山路，拂过我们蹲坐小憩的草坪……直至，将我的身体轻轻裹起。我的每一根细长的发丝都浸润着幽微的粉红色的光……多想洇染得久一点，再久一点，对于婆婆的抚慰，我无比贪恋。

可，婆婆终究是不在了。

我一眼看到了夜，漫长的黑暗。

星霜荏苒，我每次回家，邻里还会悲戚地感叹道：

“你婆婆，是好人啊！咋就那么早走了！太可惜了……”如藤蔓的根须，紧紧攀附于心壁，那绝不是几声叹息就能安抚的，我的心口一阵阵生疼。

“这些好人，来到这个世界，就是来承担磨难的；他们像一粒糖抛进大海，永远无法改变那深重的苦涩，也许只有经过的鱼才会知道那一丝稀有的甜蜜。”看到这句话时，我的心里溢出久久无法排解的哀伤，酸酸涩涩的，继而又丝丝回甘。

一个人视力所及的距离能有多远？听力所及的范围又能有多大？我想眺望婆婆久已鸿飞冥冥的身影，倾听她老人家早就喑哑在岁月里的声音。我既不能上穷碧落，又无法下抵黄泉，只得把目光投向浩浩茫茫的天宇深处，抱持着不肯割舍的热望，久久祈祷——愿真有一座祥和旖旎的天堂！

我亲爱的婆婆，就在那天堂！

那正是善良者应有的归宿，也正是受难者应得的报酬。

地上一个一个送，天上一个一个接，人世间走失的亲人，在另一个更加美好的世界重逢。那些爱我们的人，只不过是提前到了下一站，帮我们布置好家，等我们也赶去，幸福相聚，和当初一样。

我常和爸爸去婆婆坟前祭奠。

烧给婆婆的纸钱，我们从不吝啬。

扑闪的火苗慢慢温暖了冰凉的坟地。风一阵紧似一阵，掀起片片灰烬，像一张张信笺，一篇，一篇，翻飞，上升。一定是婆婆在翻看，一定是的，我坚信——虽然她并不识字。

灰青色的山，在背后波浪般散开。坟前，曾经葳蕤疯长的丝茅草，如今干枯清癯的身子白绒绒的，瑟瑟抖动在风中。空气里，满是艾蒿的气息，它曾在春天萌动，在夏天碧绿，带着清幽、荫翳。而在这样的季节里，就算阳光恣肆流淌着温暖，也回不到远去的从前。

夜，慢慢沉下来。坟头的香火不再袅袅，灰烬的余温渐去渐远。沉寂中，生者与逝者共居一处，思念和牵挂近在咫尺。那些悲欢离合的过往，在黑暗中慢慢凸现，越发清晰，密密地开出一小朵一小朵的花，玉雕一般，镶嵌在光阴里，镶嵌在我柔软的心底。

我坐在半山上，恍然觉得有了俯瞰众生的高度，可要参透生与死，我终究还是太年轻。我只知道，日落西斜，关于婆婆的记忆，总在不经意间蜂拥而至。婆婆一定是化作了我的星辰大海，让我从悲伤中重新抬起头来，为我披上一身光，让我积聚力量回归到不得不面对的生活日常。

我清楚，我将终生属于这里，属于川北这个叫曾家山的地方，属于埋葬着我亲爱的婆婆的这片深情的黄土地。

土地是每个人的来处，是万物的来处；也必将是每个人的去处，以及万物的去处。

没有人再计较曾经爷爷卷起的那旋涡，房顶上，终于只飘出一缕炊烟，袅袅娜娜。

我和婆婆，又是一家人了。

山河空恋远

1941年9月，婆婆出生在曾家山吊滩河边一户普通家庭。

在衣不蔽体、食不果腹的年月里，婆婆和绝大多数农村女孩一样，没有进过一天学堂，孩提时便分担家里家外的活儿。脏活，累活，重活，样样不落。就算在苦水中泡大，至少，身边有父母，有兄长，就有着温度与希望。

16岁时，婆婆带着嫁妆和对于未来生活的想象，在唢呐声里走进了同一个大队的罗家。婆婆嫁进来不久，原来的大队便分成了两个队。自此，婆家和娘家便不在同一个生产队里。

婆婆是“标本式的农民”——嫁给爷爷以前是，嫁给爷爷以后，仍是，或者说更是。

婚姻是场赌博，来不及细细盘算，婆婆从一个孩子摇身一变，成为一个主妇，为她此生埋下伏笔。

我的曾祖母是个受尽压迫，有着浓厚传统封建思想的苦命女人，辛辛苦苦，终于“多年媳妇熬成婆”。她对待这个刚进门的小儿媳妇百般挑剔，动辄呶呶不休地数落，打骂也是常事。

天不亮婆婆就得起床，在嘎吱嘎吱的扁担声里，挑满一大木桶水；拖着箭竹扫帚一下一下，清扫完房前屋后；在明明暗暗的灶火中，做好一大家子的早饭……没有婆婆吃不下的苦，连那些男人的力气活儿她都得做。她柔嫩的身体像皮筋，能抗压，有韧性，一点一点抻长。

即便如此，曾祖母的呵斥也总是莫名其妙地劈头盖脸地说来就来：“娶你有个啥用？啥都做不好！”

其实，是有缘由的。

婆婆到婆家三四年里，肚子迟迟不见反应，这便是随时点燃曾祖母暴脾气的火苗。“这都几年了，连个娃都没有！”气头一上来，她绷起脸来开口便骂，“你——你就是个不下蛋的母鸡！没得用的母鸡！”

婆婆被呛得嗓子直冒烟，涨红着脸，眼泪在猩红的眼眶打转，继续埋头做事。有时候，弄脏的双手被一滴滴泪水溅满，晕染成开在尘埃里的哀伤的花……那时，她还是少女。

有一回，亲戚带小孩来家里，婆婆伸手去抱，却被曾祖母一巴掌拍过去，随即推搡到了墙角：“你还有脸抱？有本事你生个出来啊！抱别人的娃算啥？”曾祖母抱过孩子，在火塘边坐下来，不解气，又回头瞪着婆婆恶狠狠道：“你要是能生个娃，我磕膝包（方言：膝盖）里都能蹦个娃出来！”曾祖母把她的膝盖拍得啪啪响。火苗燃着，凉意却遍布了婆婆的身心，死去一般的凄惶。她缩在灶房一隅，眼里一潮一潮地冒着泪星子。

没有娃就是天大的错。

曾祖母的愤怒，像六月的天气。疾言厉色一通谩骂还是轻的，听邻居讲，有好几次，婆婆差点被打断手脚。

一天又一天，一年又一年，婆婆独自忍受着这些打骂。她总是报喜不报忧，从不愿娘家为她担忧。她也想所嫁之人能护她周全，可好像在这个家里，她才是外人。她不止一次想过要逃跑，跑到山外去，哪怕跑不出大山，就在山里做个野人，至少还自在，可是她不能，她已为人妇，她不能弃娘家不管，不能弃婆家不顾……

多少年后，在乡村潮湿的台阶上都还能找到婆婆那些孤苦的痕迹——那是一条漫长的成为婆婆的磨砺之路。

话语紧缩在年轻的喉咙里，婆婆将自己活成了一枚沉思默想的月亮，在忧郁的苍穹寂寥地徜徉，带着少女的愁绪。蒲公英般苦涩的泪水，她独自吞咽。令人意想不到的是，那辛酸的甚至是致命的血泪，竟慢慢被婆婆酝酿成心灵的酒浆。

嫁进来的第六年，婆婆终于生下了第一个孩子——我的大姑。三年后，又生下我的爸爸。娇小瘦弱的婆婆除了吭哧吭哧拉扯孩子，打理全部的家务，还得和村里的男人一样出集体工，靠工分换口粮。婆婆虽身子单薄，却颇有力气，手脚利索，上坡下地，肩挑背扛，样样都拿得出手。每天午饭时间，婆婆匆匆忙忙跑回家喂饱孩子，然后又去出工，自己常常顾不上吸溜几口饭。

爸爸两岁时，曾祖母因病去世。自分队后，爷爷任五队的队长，成天难着家。次年，婆婆又生下了我的二姑。那时候，爷爷还有四个弟弟妹妹，年纪都还小。长嫂为母，婆婆还得一并照顾他们。所有的压力全落到婆婆一个人身上，锅碗瓢盆的碰撞，田间地头的奔忙……命运劈头扔来一个个重担，婆婆用单薄的肩膀去慨然负扛。

生活向上，时间向前。

为母则刚，有了孩子便有了希望。

婆婆在痛与苦难中慢慢自我治愈，且积聚力量，以微笑行进在晦暗的日子，迎着微光，也让一颗质朴的心越发深厚，越发博大。

一天，爷爷被生产队的几个壮汉抬回了家里。整个腿血迹斑斑，身上还有多处瘀青和刮伤。

那是1973年5月2日，大队集体劳作修建水电站。几个生产队的劳力都集中在村里吊滩河边，开山凿石，修渠引水。爷爷在堰沟埋头干活的时候，山上因为之前火药放炮而松动的石块突然出现大滑坡，顺势滚落，说时迟那时快，等发现异常还来不及跑出堰沟，爷爷就被压在了石块中。

请了医生到家检查，说是无大碍。婆婆又仔细将伤口清理了一番。

到了第二天，爷爷的伤势越发严重，两条腿肿得不成样儿，疼得根本无法动弹。大队又安排人将爷爷送到了另一个生产队一位治疗骨折很有经验的医生那里。一个多月后，还是不见好转，这才将爷爷送往了广元市里的医院。当时的医疗技术有限，加之时间耽搁得久了些，爷爷被压断的那条腿接是接上了，嵌在坚硬的石膏里三个多月，还是未能痊愈，只保留了较为完整的外形，无法像正常人的腿一样伸得笔直，更别说使上力了。爷爷再也不能像以前一样大步流星了，走起路来一瘸一拐。

爷爷年纪轻轻就成了残疾人。那年，二姑还不到3岁。

一切变得灰突突。

受伤后，爷爷便不再担任队长。他更加喜怒无常——不，没有喜，只剩怒。

1975年，曾家镇建起粮油加工厂，爷爷便去那里上班，当保管员。如此一来，他要么经常不在家，要么回家就是各种挑剔和谩骂。他的身体里像住进了无数魔鬼，注入了摧毁万物、打破平衡的邪力。婆婆谨小慎微，照顾爷爷受创的身体和狂躁的情绪，但潘多拉魔盒总是轻而易举被打开，莫名其妙、不堪入耳的骂声席卷而来——爷爷成了带电荷的乌云，随时可能在家里炸开霹雳，来一场纷纷乱乱的暴风雨，并且一切抵抗或者逃避，都徒劳无益。

耕耘、撒播、栽种、薅草、收割、翻晒、归仓，烧火、洗刷、做饭、浆洗缝补、教养孩子、伺候老人，喂猪、放牛、养狗、唤猫、关鸡，邻里调解、守望互助、亲戚走动……寒来暑往，婆婆甚至没有留给自己喘息的机会，她恨不得自己生出三头六臂。

生活就是这样现实，饱受磨难像是人生常态，没有别的办法，除了坚强地活下去。

比生命更具生命力的苦难潜伏在生命的每一处缝隙。

一年年的，日子浸饱了血汗，可沉淀出的收获，还喂不饱爸爸和姑姑们的半个童年。若是遇到天灾，活得就更为艰辛。

婆婆再巧，也难为无米之炊。饥饿，像是一个嘲笑，坚实地镶嵌在那个时代之上。人们在生与活之间挣扎，爬行。

婆婆不高，1.5米左右，极瘦，不到90斤，可她硬是挺着小身板儿支撑起摇摇晃晃的家，自己节衣缩食，用粮食辅以大量的土豆、野菜把哭着闹着要吃要喝的小屁孩们跌跌撞撞养育成人。

婆婆操持着为弟弟成了婚，为几个妹妹成了家。后来，两个女儿也先后出嫁。

爸爸觅得良缘，择好日子，娶了邻队的妈妈。同样命运坎坷和饱受艰辛，但和曾祖母不同，婆婆很是善待这个嫁入家门的儿媳妇。

妈妈因一分之差与高中失之交臂。老师们轮番到家里做思想工作，动员她复读，这样的成绩放弃了实属可惜。

考虑到沉重的经济负担，妈妈毅然决然放弃复读，在家打理家务。嫁为人妻后，妈妈更加卖力，和婆婆有活一起干，有累一起受，都是好强能干的劳动妇女。

妈妈也是嫁进来两年后才有了我。婆婆从来没有给过妈妈一丁点儿思想压力，反而宽慰说，别着急，孩子总会有的。婆婆自己淋过大雨，受过磨难，她选择做一个撑伞的人，保护伞下的人内心的那抹阳光，也呵护了自己的那团希望。

在共同的生活处境里，婆婆和妈妈互生怜悯，她们惺惺相惜，成了知己，成了真正的母女。

穿过一帘又一帘的风霜雨雪，哼过一节又一节的民谣歌诀，与一辈一辈的乡亲父老一样，她们攥紧了脚下的泥土，祭拜着头顶的苍天，用清亮的汗滴反复擦洗粗糙的日子，用飘摇的炊烟抬高卑微的岁月。

在生命的艰难及生活的困境里，无处可逃，她们教会我的是勇敢面对，迎上去，风雨兼程。

犁铧又翻开了泥土的波浪，荡漾着粼粼的阳光。

爸爸是独子，有了我和弟弟后，我们一家七口人在山里过着朴素的农耕生活。

有几年时间，爷爷总是找碴儿，无缘无故地朝婆婆和爸妈发脾气，家里没有宁日。任凭爷爷怎么闹腾，婆婆和爸妈都不言语，敬他，也由着他。

直到那年种麦子前一天，爷爷对爸妈说："你们种你们的，不管我们三个人的。”

“啥子叫不管你们三个人的呢？”

“说不要就不要，从今以后各管各，各过各的！”

“咋个就各过各的？”

“听不懂吗？分家！”

“分家？”

“分家！”

没有任何商量的余地，在这个家里，爷爷永远是“权威”，任何人不得有任何异议。为此，婆婆不知流了多少泪。

关于爷爷毅然决然提出分家的缘由，我们是在一段时间后从别人口中得知的：弟弟开始上小学，我也面临小升初，粮食卖不上价，家里又没有其他来钱的门路，爷爷觉着跟着我们就不会有松快日子过。原来，我和弟弟是家里的沉重负担和累赘。10来岁的我，能够参悟的不是太多，只深深记住了那些断章式的场景，内心多少有些不服气，也暗下决心一定要更加卖力地学习，不蒸馒头，争口气。

分家的时候，爷爷挑了好的田地和好的山林，分了家里的鸡和牛。原先的老屋历经几十年风雨，已摇摇欲坠，那时爸爸刚修好几间毛坯房，身上还负着债。分家后，我们连厨房都没有。新旧房子之间有一个不到两米宽的空隙，简单遮了顶就当厨房。垒起一方半弧形土坯灶台，放置两口黑铁锅，小的一口用来做饭，大的一口用来烧煮猪食。

每天，我们各自生各自的火，各自做各自的饭，各自干各自地里的活儿。

分开后，婆婆的日子更苦了，家里家外忙忙碌碌。对于一日三餐，爷爷十分苛刻，不是说硬了或软了，就是觉得咸了或淡了，不是抱怨饭做早了或做晚了，就是大骂做多了或做少了……对于地里的庄稼，爷爷鲜少关心，要么在田埂上休息打盹儿，要么干脆回家喝酒躲阴凉，兴趣来了就搭把手，心情不好就拿婆婆撒气……

婆婆总说："算了，他要咋个就咋个吧，我苦点累点也没得事。"

婆婆已不指望爷爷是她的天，当然，婚姻也不是女人唯一需要翻越和途经的山，若是没有庇护和依靠，就得自己撑起一切。没有爱情，但是有家庭，有孩子，相应地也有了责任、义务以及寄托，或者说希望。

爸妈心疼婆婆，总是背着爷爷偷偷帮忙做一些事，婆婆也总是悄悄帮爸妈一些。

两家人分开了，日子却难以真正分开——哪家做了好吃的，都会分一点儿给对方；哪家什么食材没有了，另一家就会借给或者送给对方。当然，我们的一切行动都是在爷爷视线之外秘密进行的。

分家之前，琐事、杂事、难事都是爸妈和婆婆在料理，爷爷基本不操心，分开的日子久了，他渐渐不堪家里繁杂的事务，也想去外面的世界看看，压根儿没有跟婆婆商量，也没告知曾祖父，收拾了行李便赴陕西务工了。

爷爷是早上走的，那天中午，妈妈和婆婆就在一个锅里煮饭，在一张桌子上吃饭了。

大半年后，爷爷回来了，下午到家，晚上两家又各煮各的，各吃各的。两缕炊烟在空中慢慢交汇，成为一份难以化开的伤叹。

好在，时间是个奇妙的存在。

两家虽然还是各做各的活儿，各煮各的饭，但慢慢地，各自吃完饭，会搭几句话，寒暄一阵。起先，不敢说太久，渐渐地时间长一点儿；后来，坐下来边吃边摆龙门阵；再后来，各自做了饭端在一张旧木桌上吃；后来的后来，一开始要死要活地分开，最终若即若离地和好了。

爷爷似乎是默认了。

没有人再计较曾经爷爷卷起的那个旋涡，房顶上，终于只飘出一缕炊烟，袅袅娜娜。

我和婆婆，又是一家人了。

婆婆的世界，就是大山、土地、庄稼和迂回的山路。

她以瘦弱的身体，以内在的慈悲和意志根植大地，并从深厚的泥土里找到那条五谷丰登的活命之路，热气腾腾地活着。

年华谁与度

贫瘠的大山根本养不活一家7口。

有几年，爸爸也下到距家10公里之外的矿井深处挖煤，那简直是于无处不在的烟尘和轰鸣声中谋生。

爸爸每天回来，从头到脚附着厚厚的黑乎乎的煤炭粉尘，连目光都是灰蒙蒙一层。看见我和弟弟，他疲乏的脸上会露出艰涩的笑容。

爸爸到家前，婆婆便会烧好热水，等妈妈端到屋里给他擦个澡。婆婆是见不得爸爸裸露那干巴巴、黑黢黢的上身和那脏乱的头发的，她说她看一眼就胃酸，眼睛也酸。

有一次，因为矿井深处缺氧，加之过度疲劳，爸爸被汗水浸泡，浑身软绵绵，实在无力支撑，倒地昏过去，幸好被工友及时送往了医院，才缓了过来。医生说，再晚一点点，人就没了。

自那以后，婆婆和妈妈就再也不让爸爸去挖煤了。她们说，钱是小事，命是大事。我也说，是！

婆婆从来没有走出过小镇，没见过世面，但她眼界不窄，心里比谁都通透，年轻人只有走出去，才有新的盼头。20世纪末，在婆婆的极力劝说下，爸爸踏上了出川的绿皮火车。不几年，妈妈也外出务工了。

当婆婆牵着我和弟弟，站在院坝边上，凝望他们渐行渐远的背影，我的眼泪总是不受控制地流下来。婆婆的眼里也满是泪花，但她从不轻易让我们发现。

只为家贫成聚散，生活的味道里除了酸甜苦辣，还有无尽的思念。

在深山的小村子里，婆婆含辛茹苦将我和小我五岁的弟弟拉扯大。我特别喜欢黏着婆婆，她走到哪儿，我就屁颠屁颠地跟到哪儿。

非人的劳动强度及生存的艰辛，日日折磨着婆婆。记忆里，就没有她坐下来休息的境况。

她那极瘦的腰背在火辣辣的太阳下，弓成了一个大大的问号，仿佛是对土地虔诚地叩拜，又好像是对土地默默而倔强地追问。她紧握银锄，当空挥舞，锄头高高举起，深深地扎下去，一锄一叩首，一锄一发问，偶尔伸直一回谦卑一生的脊梁。锄头被土地打磨得通体雪亮，银光闪闪。汗水浸湿了她褪色的衣衫，又慢慢风干，汗渍像极了贫弱的山村，失血的骨骼。干活，流汗，干活，流汗……似乎停止了就意味着死亡。就这样，婆婆忙碌在田间地头、灶前灶后、家里家外，无分四季。她总是把夜熬得很深沉，盘算着那些急需办的和即将要办的事项，没有穷尽。

婆婆瘦骨嶙峋的双手上蜘蛛网般皲裂的血丝，是故乡刻在我身体里的刀痕。很长一段时间里，故乡对我来说就是疼痛与抚摸。

寒冬腊月，农家大都关起门来围在火炉旁，那些经年的疲惫，沉重的喘息，或者千丝万缕的烦恼，都化作一块块黑乌乌的煤，投进明亮亮的炉膛里。依然在困顿的生活中饱受煎熬的人们，将身子靠近暖烘烘的铁火炉，好像忽然间就忘记了这个世间的苦楚。

但是，对婆婆来说，无所事事地待着简直是莫大的煎熬。她是无论如何都坐不住的——不是去打扫屋子，就是去整理柴火，把一切收拾得井井有条。在婆婆的世界里，任何能量消耗都应该与一项劳动相关而变成日常。每天都那样繁忙、劳顿，每天都那样周全、有序。

穷人的孩子早当家。

放学后或是放假，只要一做完作业，我就争着抢着做事。婆婆总说：“你去看书，活路（方言：活儿）不用你做。”可我就喜欢跟她一起干活。她下地，我跟着下地，有模有样地学着各种农活；她喂猪，我就负责开圈门；她煮饭、炒菜，我就负责生火，旺盛的火苗舔着黑黢黢的锅底，空气里密布着满是饭菜味儿的水蒸气。深夜，她戴着那枚铜顶针，在昏暗的灯光下将我们的衣物仔仔细细缝缝补补，我就坐在她身边，看小窗外，一条崎岖狭窄的土路，伸向远方。

我们一边忙着手上的事，一边说话，聊环境气候，聊家长里短，聊庄稼的收成，聊村里的新媳妇，聊学校的新鲜事儿……聊到远处玉米青纱帐里响起蛙声一片，聊到青瓦檐披上柔润的月光，聊到狗儿窝在脚边入了梦乡，聊到夜露漾开层层花草清香……

婆婆会提及我住校期间家里的一些情况。在说起一些委屈，揭开某个伤疤时，婆婆眼眶潮红，却又轻声细语，显得云淡风轻，而我总是先忍不住流下泪来，引得她也泪水涟涟。不过，很快，我们便会为彼此揩去泪水，相视而笑。

说来也怪，絮语漫漫中，我们在习以为常的生活里，在彼此陪伴的时光里，心照不宣地开凿出一个奇境，温润妥帖，契合人心。

我们相依为命，深一脚、浅一脚往前走。即便陷入生活的泥潭，婆婆也总会给我一种内在的力量。

或许，细细密密的岁月里，每一步皆是修行，不自知间，早已自渡。

婆婆总是省吃俭用买各种种子，买种子就是买未来。

婆婆的剪影漫山迂回，经她的手，种子飘飘散落，悦耳的“沙沙”声像春雨，也像我的乳名。湿润的泥土埋下希望，散着芬芳。婆婆立在田埂上，忘记了劳累，一心想着种子生根，发芽，开花。

源远流长的农耕文明始终活在中国乡间。

一条条山脊拱起的天空，蓝得一往情深；一缕缕纯净的金色阳光拱起满地的潮气。群山层层裹挟的村子，镶嵌在辽阔的大地上，在烟火人间上演着最为质朴的剧目。只是，那时的我，还没有萌发出乡土朴素而动人的诗意，还未真正领略春花、夏日、秋月、冬雪的极美之处，还未真正明白春生、夏长、秋收、冬藏的天之正也。

辣椒、茄子、四季豆……各样蔬菜都长得挺好。

婆婆以她的各式种子，她孵化的小鸡，以及她圈养的肥猪为伴，终其一生，在筑她的安乐窝。这安乐窝不过就是几块绿绿的、散发着蠢蠢欲动的生活气息的土地和几间低矮的土房。

在这座婆婆的农场里，她就是鲁滨孙。

后来，我发现那些住在村子里一辈子的乡邻妇孺，其实都是一株株庄稼或瓜果蔬菜。他们是故乡的证物和药引，以此，我能轻而易举回到我的旧时年华。

比如，莲花白。

婆婆的菜地里总少不了莲花白。我们一起育苗，一起移栽，一起锄草。有时，我也会坐在地头偷会儿小懒，默默看着婆婆劳作的样子，或者看着那遍地莲花白思绪万千。

它们安安静静地生长，却又可以将自己的年华绽开和收拢。绽开时，每一张叶子都是一片碧玉般的花瓣；然后，又用那花瓣把心里的小秘密包裹进来，把暖暖的阳光包裹进来，把美丽的星辰包裹进来，把蟋蟀合奏的新曲包裹进来……把所有的回忆和情感都包裹进来，一层又一层，严严密密，结结实实。

它们总是矜持、羞涩又知足，像极了花季的女孩子，或者说，那就是我，把对于爸妈的思念，对于婆婆的依恋，对于长大的热望，对于山外的向往，都包裹进了心的深处，不轻易言说。

再比如，土豆。

每年土豆花开时节，地里要紫有紫，要粉有粉，要白有白，更多的是淡淡的蓝色。花很小，呈穗状，金钟般垂吊着，在一行行绿叶间，像淡蓝的水彩被早晨的露水洇开，一直晕染到山脚。我喜欢那场景，尽管种土豆的过程常常让我和婆婆累到直不起腰来。

土豆快成熟的日子，我总是格外沉不住气，用木棍剜进垄台，手指顺进去掏，保准能掏到圆鼓鼓的土豆蛋儿。不过，接下来大半年时间里，上顿下顿都少不了土豆了。土豆稀饭、土豆干饭、土豆搅团、酸菜土豆丝汤……土豆切片焯水晒干，等冬季清炖入菜……饭后明火熄灭，还不忘在草木灰里埋几个土豆……

在青黄不接的岁月里，土豆是山里人赖以生存的宝贝。

“吱嘎”一声，婆婆推门进来，手捧柴锅灶孔里刚刨出来的土豆。“呀，烧土豆！”我从婆婆粗糙的手里接过来，左掂右掂，烫得实在忍不住，顺势扔在旧木桌上，急不可待地吹去浮灰，撕开皮，热气裹着香气腾地冲上来，眼前一片迷蒙。

后来我常想，婆婆她不怕烫吗？

再一想，婆婆离开我竟已十余年。那种简单的幸福味道我再也尝不到了，眼前又一片迷蒙。

童年的味道，一辈子也忘不了，这大概是人味蕾的奇妙之处。

我们的乡愁，大都通过食物来联系。即便走过了万水千山，撞击异乡空空肠胃的往往是那固执的味道。

当然，我也喜欢这些熟悉的味道，灵魂里早已盈满那些经久不衰的气息。这气息来自大地，来自婆婆，凡俗，又芳菲。

相当长的时间里，我把这些食物归结为我对婆婆的依恋。它们牢牢绑架着我身体的记忆，并且稳稳地占据着我内心对世间所有味道的判断。

我越来越依赖这样的乡愁，出于生理的惯性，以及血液的本能。

过去的岁月，可以说是一团泥泞，我的童年更多的是无知，对于生活苦难的无知，对于命运多舛的无知，那是乡土叙述的另一个侧面，而更真实和深刻的一面掌握在婆婆以及千千万万农人的叙述里。

春天常常是人与牲畜争抢野菜的季节，格外刻骨铭心。

就比如我的婆婆，自我记事起，从未见她吃过折耳根。在那个酸涩的年代里，所有的幻想和梦想不过是吃一顿饱饭。折耳根便是每年春夏季节用来充饥的主要野菜之一。大锅饭里尽是剁碎的折耳根，很难觅得粮食的踪影，天天吃，顿顿吃，一闻到那个气味儿便发吐，但婆婆还是得忍着，咕噜咕噜喝下去。后来，婆婆是无论如何也不愿尝一口凉拌折耳根的，即便那时折耳根已是人们津津乐道的美食了。

特定的饮食记忆伤害了婆婆，但她总是很乐意为我们从土里刨来折耳根——因为我们爱吃。她将折耳根清洗干净，调好味，端上桌，看着我们吃光，心满意足。生活中，婆婆总是将好吃的紧着我们。

我有个癖好，喜欢听婆婆吃饭的声音。她从不吧唧嘴，是很文雅的那种吃法，只有很仔细地听，才能听到那食物咀嚼和下咽的音律。那是我印象里极好听的声音之一。有时候，我吃完饭，会将头钻进她怀里，贴着她单薄的身子，静静地听她吃饭，仿佛那声音能让我对所享用的东西、对这个世界再次理解，更深层次的那种。

折耳根除了是一道野菜，还有较高的药用价值，清热解毒，消痈排脓，利尿通淋，等等，当然，这是我后来才知道的。小时候，只知道它是一味中药材，街上有人收购。

农忙之余，我和婆婆会拖着尼龙口袋，爬坡上坎去扯折耳根。

在家乡，折耳根绝对不是你们超市或菜场看到的那般小家碧玉。只要冒出头时没有采挖，它们便会疯长开来，一尺、两尺、三尺高的都有，尤其是林地边缘地带的刺笆笼（方言：荆棘丛）中最多。

多为火棘丛。火棘，还有“水杈子”“火把果”“赤阳子”等数十种叫法。婆婆习惯叫它“救军粮”，她跟我讲，三国时期，曹操大军征战途中，将士们饥渴难耐，曹操用一计“望梅止渴”后，将士们仍无粮可充饥，正好遇上一片火棘林，红彤彤的果子十分诱人，饥饿的士兵们摘食后感觉不错，全军以其果腹，故称其为“救军粮”。她又说，先前人们打仗，没有饭吃，这山里的果子最终救了他们的性命，故又称之为“救命粮”。

火棘，其花不鲜艳，花显白色，五瓣一朵，零星一点，聚成一簇一簇，同山里的女孩般清丽。它其貌不扬，没有伟岸的身躯，也没有优美的姿态，大山旮旯里兀自生长，待冬日，结满一挂挂红果果。

火棘果果肉粗糙，酸酸涩涩，汁水很少，嚼过后隐隐回甘。我没有经历过那段用火棘果慰藉饥饿肠胃的岁月，但是，在满是刺的火棘丛中一根根找寻折耳根的日子总盘踞在记忆里。

发现一个目标，瞅准位置，慢慢将两根手指伸进刺笆笼空隙，勾住折耳根茎秆，慢慢往外拉出上半部分，再双手握住，用力往上往外扯，虽小心操作，但刺扎进手指或者划出一道道血口是十之八九的事。我们并不会因此而搁置，反而更加勤快，久而久之，双手有了“免疫力”，任凭它出血、结痂、恢复，再出血、再结痂、再恢复，不觉疼了，也不觉痒了。有人说，每一根扎过你的荆棘里，都将通过它们的尖锐，为你输入神秘而又富含勇气的汁液。我想，应该是的。

我们每次都会拖回满满当当一大袋折耳根，在院坝里依次铺开，等阳光晒干水分。

同时，我们也采挖其他草药，如车前草、五味子、通草、老虎姜等。我和婆婆密密的足迹像是篦子，把周边大大小小的田间地角、山山峁峁，一一梳遍。

一袋子新鲜草药晒干后没有几斤，收购价几毛钱一斤，辛苦数日也挣不了多少钱。可我愿意陪着婆婆走过一山又一山，一坡又一坡，劳动带来的除了身体的疲惫，还有我与她在一起能享受到的静好时光。

集市是乡人约定俗成的贸易场所，充斥着一种更野生、更鲜活的氛围。在相当长的时间内，赶集是乡村最热闹的连贯性节日，也是乡里难得的娱乐方式，帮日复一日的生活松松绑，把密不透风的日子撬开缝隙，照射进快乐的光斑。

我们村的集市设在曾家镇场镇，距家十里有余。正是当季蔬菜成熟之际，几乎每个周末，我都会和婆婆去赶集。

婆婆的“小农场”里总是有各种蔬菜次第成熟。无疑，曾经买下的种子结出了希望的果实。但要把果实变成实实在在的纸币装进贴身的衣兜，可不那么容易。

拂晓，当天空露出银鱼似的一寸白，我们已背着沉甸甸的竹背篼向场镇出发。背篼里是前一日黄昏采摘好的蔬菜，青椒、黄瓜、莲花白、四季豆……有什么装什么，什么成熟了就卖什么，样样碧绿生青，新鲜水灵。

婆婆背着大背篼，我背着小背篼，走在林间的崎岖小路上。那路，像蜿蜒在崇山峻岭里的长蛇，即便无数次亲近，也让人喜欢不起来。

平时，我背个书包翻山越岭去镇上的学校就够受了，更何况，现在背的不是书包，而是几十斤重的背篼。不多久，我们便全身汗津津。

婆婆一向是心疼我的。起先，她并不同意我跟她一道去卖菜，可又拗不过我。我知道这是一件多么吃力的活儿，又怎么忍心婆婆一个人去承受？虽然我十多岁的小身板还不足以承载多重，但我只想和婆婆共苦。

我们东一句西一句地闲聊，终究扰了睡梦中的鸟儿，清莹圆润的啼鸣，密密地滴在林中叶片上，又露珠般弹起，一声叠着一声，很快盖住了我们的声音。

汗水涔涔地从发丝间流下来，过额头，入眼眶，眼睛酸痛，继而混合着些许泪星子，又顺着脸颊滚落，擦了又湿，湿了又擦。肩上、背上磨出斑斑血迹也是常有的事。婆婆有意放慢脚步，满脸汗水，慈祥的目光以及鸟鸣总是让我一次次在疲惫中重新焕发力量。历经近两个小时的艰难跋涉，我们最终抵达集市。

天已大亮。

集市上，人声鼎沸，四邻八乡的人挤作一团，在狭窄的街道两旁，或站，或蹲，或逡巡。货物琳琅满目，玉米、大豆、蔬菜、水果、腊肉……还有一些双手黧黑，络着青筋，端着旱烟锅子的老汉摆弄着烟草叶、草绳、笤帚、竹筛、簸箕……甚至，每个犄角旮旯里都盈盈丰丰。集市有着民间的真气、土气和地气。可能，赶集这事儿，早不止于“商品交易”，充满可能性的生活延伸才是最终抵达的终点。

我和婆婆挤进人群，找块地方卸下背篼，铺开新鲜的蔬菜，开始等待顾客。不时有人停步，询问，或弯下腰来挑挑拣拣，婆婆从不抬高价格等顾客费力讨价，也不在斤头上少一两一钱。

那个年月，农民种出的蔬菜瓜果并不值钱。少部分是被街上的住户挑选回家，更多的时候是菜贩以更低的价格贩走，一般也就一两角钱一斤，偶尔行情好，能卖到三四角钱一斤。当然，当那些纯绿色、无污染的蔬菜瓜果出现在城市的市场上，价格要翻几倍，甚至十几倍。我和婆婆的一番辛劳也就挣来十几二十块钱。摩挲着那湿答答的纸币，那血汗的味道，我永远不会忘记。

每次卖完菜，婆婆都非要给我买点什么。经过副食店看到那些花花绿绿的零食，我也曾一次次吞咽口水，但我怎舍得用那么辛苦赚的钱来满足自己一时的嘴瘾？所以，每次拗不过婆婆的时候，我都会选择买白面馒头或是葱油大饼。生活早早就教会了我该怎样更划算地用钱。至少热乎乎的主食能饱腹，关键是还不算贵。我掰下一小块，硬塞到婆婆口中。她总说："你快吃，我不饿。"我再掰下一小块，自己来一口。趁她不注意，又塞给她一块，自己再来一块。越嚼越有味儿，丝丝回甘，末了，连手指都要一一吮吸过，那叫一个香啊。

就这样，我们背着空背篼，一路边走边吃，边说边笑着回家去，开始又一天的劳作。

一代人有一代人的生活和记忆，一代人有一代人的烙印和疤痕，一代人有一代人的幸福和创痛。那些年月，每个村庄，每一家、每一户的每个苦难都有来路和归途，像雨水融入土地，像茧手抚摩针脚。

婆婆的世界就是大山、土地、庄稼和迂回的山路。她以瘦弱的身体，以内在的慈悲和意志，根植大地，并从深厚的泥土里找到那条五谷丰登的活命之路，热气腾腾地活着。

在我如花的年纪，我感悟了乡村的寂静，以及与之相关的辽阔深远的精神疆域。

一片落叶停留在时间之外。

我，或者我们，也许就是掌控阳光的那个人。

我闻到了干枯的味道，来自爷爷身上。

洗清秋

婆婆出院前，我们跟爷爷千叮咛万嘱咐，让他一定瞒着婆婆的病情。

回家疗养的日子里，虽然每天都是忍受着身体的不适，但婆婆心情不错，坚信自己就快康复了，加之亲朋好友陆陆续续来看望，说说笑笑的，时间也不算难挨。

一天，爷爷踉踉跄跄进了屋，酒意一上来，一手指着躺在沙发上的婆婆，一手将拐杖杵杵戳戳，劈头盖脸就是一句："看你那样子，你以为你还好得起来？你以为你是啥病？癌症！癌症你晓得吧！"趔趄几步，顿了顿，他又道，"娃儿们都不给你说，想瞒着你，也不看看有啥用？早晓得晚晓得有啥区别？你还能活几天？"

婆婆的身子微微颤动，嘴唇跟着嗫嚅了两下，眼睛里的光慢慢淡下去，终究没有说出一句话。

风叩打着窗棂，啪嗒啪嗒响。

对婆婆，妈妈是亲力亲为，尽孝最繁多、最细腻的人，甚至超过了大姑、二姑，超过了孝顺的爸爸。

妈妈在她30岁时就经历了外婆的离世，也因此，对于回光返照似乎能未卜先知。那晚，妈妈已经提前跟爷爷说过，希望他能到屋里看一眼婆婆，但爷爷路过婆婆的房间片刻不曾迟疑，径直进自己的房里睡下了。自婆婆从烤火房搬进歇房（方言：卧室），爷爷从来没有踏入房门半步。

当婆婆在妈妈的怀里停止呼吸时，爷爷在隔壁睡得正香。

妈妈叩响木房门：“爸爸，妈老了（方言：去世的意思）——”

“哦！”屋内应了一声。

妈妈在门口等了好一阵子，却不见任何响动，再叩门，“爸爸，妈老了啊——”

“晓得啦！”爷爷颇不耐烦。而后，又没了声响。

漆黑的夜，卷地朔风，凛凛。

漆黑的夜，漫天冰雪，霏霏。

妈妈每每讲起那晚，我们都如鲠在喉，如刺在心。

这辈子，婆婆当牛做马，累死、病死，爷爷居然都不起身送行？几十年的夫妻，竟换不来最后的相守，甚至最后的一眼留恋？

我不明白，就算是父母之命、媒妁之言，就算没有血缘关系，那几十年的相濡以沫也总归算是亲人吧。像许多夫妻，即使没有感情，也会在责任感和彼此依赖的惯性中共同生活一辈子。可爷爷怎么就如此冷漠，如此决绝呢？我深刻地窥见到人性的复杂和幽微，这一课，是我的亲爷爷教给我的。

除了生离死别，女人一生中最大的伤痛，或许莫过于情感的伤痛。

打我记事起，我就知道婆婆和爷爷是分屋子睡的，至于他们是多久之前分屋子睡的，我不清楚，也没问过。反正，几十年就那么过了。

婆婆的秘密，被发现了。要不是因病手术，我们永远无法知道。

手术前需要备皮、插导尿管。当婆婆极为难堪地裸露在医护人员面前时，我们惊呆了，尖锐的疼痛吞噬了我。

子宫脱垂——这是我在护士小姐姐口中知道的专业术语。我甚至不敢多看一眼，那本是婆婆体内的一部分，却全部脱出，格格不入地坠在那里。

到底多少年了呢？到底是在生哪一个孩子时损伤而未复原呢？我们所知道的只有爸爸和两个姑姑都是婆婆在家分娩的，爷爷和曾祖母没有请产婆。孕育，生育，养育，婆婆是如何忍受过来的？

我真想抽自己几个耳光。

记忆里，婆婆总是半蹲着身子方便，出于孩子的好奇，我问过几次，她轻言细语转移了话题。后来，婆婆也委婉地跟我说，不要再给她添置贴身衣裤了，也是，现在想来，难怪那么瘦弱的她一直穿着最大型号的贴身衣裤。

为什么那时我就没有再多想一些呢？要是我留意些，早一点发现，让婆婆早一点接受治疗的话，她就不必白白受几十年的罪啊。

继而，又忍不住无名火起：作为丈夫，爷爷知道吗？如果知道，为什么不给婆婆医治？

婆婆走后的一段日子，我完全不愿理睬爷爷。我们爷孙之间一直隔着那晚的风雪，迷蒙而寒凉。

爷爷照例喝酒，没日没夜地喝。一个能装二两酒的玻璃瓶一直揣在他的蓝布中山装口袋里，有事没事就仰着脖子往嘴里倒。瓶内的粮食酒总是喝了又满，喝了又满，永远喝不完。熏人的酒味时常令我作呕，趱趱倒倒（方言：走路不稳，东倒西歪）的身影让我感觉厌烦，还有那口齿含混的骂骂咧咧，每一个字都像是酒缸里泡过的，散发着辛辣味儿……

此前的几十年里，我们的好言相劝在他眼中都是不孝的表现，是在克扣他的吃喝，限制他的自由，即便因为常年醉酒，他的身体一日不如一日，他还是不会少喝半口。婆婆生前，为此不知挨了多少骂。后来，我们实在劝不动，也就不劝了。

他喝多了便翻出陈年往事迷迷瞪瞪地一遍遍赘述，或者歪坐沙发上仰起头、嘴、鼻号角齐奏，或者跌跌撞撞进屋关门蒙头大睡。最让人头疼的是，他醉后总没个言高语低，常常得罪乡里乡亲，惹得大家怨声载道。爸妈只好在每年腊月务工回家的那几天挨家挨户登门赔礼道歉。年月久了，次数多了，大家看在婆婆和爸妈的面子上，也就尽力做到一只耳朵进，一只耳朵出，不往心里去，不计较爷爷那些疯言疯语。

婆婆丧事期间，好多人都骂："老天爷不长眼，咋就让这么个好人短命，让那祸害长寿啊！咋个就不换一下！"他们丝毫不避讳，当着爸妈和我的面说，甚至捶胸顿足地说。即便好几年过去，我还会听到大家的感叹。

我这才清晰地知道，婆婆是多么受人爱戴，而爷爷又是一个什么样的存在，能让人们这样咬牙切齿——如此真切，如此深刻。

这几十年，两个姑姑眼睁睁看着婆婆挨骂、受委屈却无能为力。爷爷有他的"撒手锏"——准备一瓶老鼠药或是敌敌畏（有机磷杀虫剂的一种）放在床头，一言不合或一点事不顺意就扬言要喝下，"撒手锏"一出，全家人就只有自动投降，服从和迁就于他。起先，姑姑们常回来给爷爷弄吃的，洗衣服，收拾屋子，可爷爷总是莫名其妙地找碴儿，毫无征兆地将自己的亲女儿们一通数落，甚至咒骂。好几次，大姑和二姑被气得哭天喊地，含恨回了婆家。

在婆婆病逝后，姑姑们鲜少回娘家了——娘不在，她们好像没有家了。而那份父女亲情成了插在指甲肉里的刺，一触碰到就会疼，钻心钻肺的那种。

那天，爷爷醉歪歪地在我身边的沙发上瘫坐下来，瓮声瓮气地说："你梦到你婆婆没？"

我没吱声，心不在焉地玩弄着手机，余光都没瞟他一眼。

"问你梦到你婆婆了没？"他提高声音又嘟囔了一遍，猛烈的酒精气息袭来，瞬间侵入我的肺腑，火辣辣的味道差点儿让我反胃。"没有！"一向温柔的我，言语竟也不再和善。

他挥舞着右胳膊，半眯着眼："我梦到你婆婆了。"

我没有再搭话，心里嘀咕：那你早干吗去了？

"你婆婆那么疼你，你都没梦到她啊？真是养了个白眼狼！你婆婆晓得了不寒心哪？"他是自言自语还是故意说给我听呢？压抑在心里的那份正义而混乱的愤怒骤然喷薄而出，我脱口反驳道："我为啥非要梦到才算孝？我咋个就是白眼狼了？婆婆活着的时候我尽了我最大的孝道，我问心无愧！她活着时对她好才是真的好，死了就算梦到又能咋？"

他的手慢慢放下，僵硬着搭在胸前，半闭着眼，顿了顿，说："你对你婆婆，确实也够好了，没得几个孙女能做到。"他长叹了一口气，半晌，又说，"你婆婆对你们也是真的好。我梦到跟你婆婆在地里做活，她说要赶快做完好回去煮饭，不能让娃儿们写作业饿肚子……"

我一怔，那语气，那情境，忽然就有了悲怆的力量，我仿佛站在院坝上，一眼就看到了婆婆站在不远的田地中央。

爷爷又说："好几晚上了，我都梦到你婆婆。"

斜瞥到他的侧身，高耸的颧骨堆积着寂寞，浮肿的眼袋无精打采地挂在皱巴巴的脸上，黝黑的手青筋突兀，褐色斑块星星点点，乱蓬蓬的花白头发像极了田野里负霜的草垛，一圈一圈皱纹蔓延到脖子，佝偻的样子像一把陈旧的弓……

他说话时没有看我，眼里飘着一团雾，眼角有泪浸出。

他是我的爷爷，爷爷……

一瞬间，我眼涩鼻酸，心底潮润。

我总是想起婆婆，脑中呈现婆婆和爷爷瘦弱的背影并排着的样子，静默不语。我知道，这只是我想象里的场景，他们欠缺的爱情甚至亲情是我记忆里深深的创伤，可婆婆的离开，让我对形单影只的爷爷有了新的理解。

爷爷真正成了"孤家寡人"。婆婆走了，他们磕磕绊绊五十多年的日子也随之结束了。爷爷将永远骂无处骂，甚至恨无处恨了。他的生活里，只剩下他和一只叫"旺旺"的小狗了。

有些理解，总是显得滞后。

巴恩斯说："你把以前从未放在一起的两样东西放在一起，于是，世界为之一变。你把以前从未放在一起的两个人放在一起，世界也为之一变。其中一人迟早会被命运夺走，而被夺走的总是大于原先的总和，在数学上这或许解释不通，但在情感上是可能的。”点灯说话儿，吹灯就伴儿。配偶、夫妻这些词有着长久而丰富的含义。如果爷爷先离开，婆婆或许依旧可以有条不紊地过着日子，毕竟，这些年家里的方方面面都是她打理出来的，她维系着那份顺从又倔强的关系。可婆婆先离开了，爷爷怎么办呢？失去了婆婆后，爷爷才恍然发现自己生命中的一部分或者大部分也消失了。日常生活里的小美好，这才觉得入心入骨。有些无理取闹，有些任性妄为，只能是伴侣之间才会明白和容忍的。意识的阀门被打开，曾经的迷糊逐渐清醒，可是爷爷已把自己推到一个孤独者的阵营里，又慢慢被岁月和各种病痛囚禁。对爷爷而言，儿孙辈就算再孝顺，再深切的爱，也替代不了婆婆的存在，弥补不了爱情的缺失，改变不了那根深蒂固的孤独。

有时我很好奇，在爷爷那一辈，配偶在他们的潜意识里是什么位置？一方面，他们会觉得自己是一家之主，是绝对的家庭核心，另一半常常是被轻视的——女人嘛，就是洗衣、做饭、带娃、种庄稼，上不了台面，没什么大不了的。可另一方面，又极其依赖她们，离开她们，自己就像干涸河床上的鱼虾，日子就过不下去了，尽管口头上从来不承认。

丧失爱人，丧失亲人，到底有多痛苦，外人很难感受。我们都需要慢慢走出悲恸。

有心理学家给出处理内心痛苦的建议：假想你的内心是一个方形容器，里面有一个按钮，还有一个球在滚动，只要这个球碰到那个按钮，你就会痛苦。一开始，这个球很大，几乎占满容器，总是会碰到按钮。但慢慢地，这个球变小，小了一点儿，碰到的概率就小了，痛苦的时间渐渐缩短。球慢慢缩小，在你内心滚动的空间大了，它越来越少触碰你那个疼痛按钮。等时间自然流逝，等那个球慢慢变小，我不知道这个方法是否可行，只知道痛苦变成我的素材，积累着，指不定某一天就派上了什么用场。

那么，爷爷呢？他的方形容器、按钮和球，是什么样的状态了呢？

留守在家的几年，爸爸被生活逼着学会了一切家务事，还在附近务零工贴补家用。

爷爷的脾气依然是六七月的天气，阴晴不定。不是说爸爸没本事，成天窝在家里；就是说爸爸对他不闻不问，不管不顾；要么就是说爸爸管着他，限制他的自由……

村里的青壮年没有留在家的，爸爸何尝不想去打工赚钱，毕竟弟弟还等着学费，可是这是他的爸爸，他得照顾，养老送终。我宁愿相信，有时候爷爷是想表达关心，只是用了完全相反的方式。不管怎样，爷爷的言行还是让爸爸的心一阵阵生疼。

身为人子，物质上的尽孝爸爸从来没有少过半点儿，只是情感上，他们父子很难坐下来好好说会儿话。没有什么共同的话题，也聊不到一起去，还常常闹得不欢而散。爸爸本就性格内敛，大多时候都选择沉默，这沉默换得了家里表面的宁静，这沉默也从一种稀薄寒凉的气息渐渐凝固成坚硬的疙瘩，卡在父子之间。

怎样做父亲？怎样与父亲相处？这大概是许多男人都需要思考和面对的问题吧。

妈妈继续独自远赴千里之外务工，每天询问爷爷的情况，从无间断，身在他乡，心在故里。

我毕业后在城市落脚开始工作，弟弟还在外省继续学业，一家人，真正四分五散了。

我每次回家都要给爷爷买吃的、喝的、用的，会下厨做他最喜欢的粉蒸肉或酸菜鱼，会给他理发，缝补衣物，换洗床单……每年，爷爷会因为腿伤复发或者肠胃问题住院一两次，我都请假或者挤出时间去伺候。

出于血缘的关系，也出于亲人的惯性，我对爷爷的照顾主要是物质层面的，就像血本应该在血管里流动一样理所当然，但我并不去触碰他的脉搏和体温，更别说精神或灵魂。琐细地照料爷爷，我心甘情愿；但我也会清清爽爽地离开，不回家的日子偶尔打电话问个平安，回家了也没多少耐心解释爷爷的询问或坐下来同他摆摆龙门阵。

情感疏离造成了我与爷爷亲情方面硬邦邦的窘迫处境，感觉像是食物冰冻太久，纵然耐心解冻，辅以道德的、悲悯的、理解的调味品，但那味道，似乎总不及新鲜食物的本味。

老家院坝里，有一棵老核桃树。

树干一抱多粗，树皮呈灰褐色，皴裂、皱褶，像农家老人饱经风雨，活出了岁月该有的粗糙、疲惫和别无选择的坚守。

事实上，这棵树算不上高大或是伟岸，却自有一种孤注一掷的气势，从骨子里散发出来的，安静而凛冽。还有什么是可惧怕的，是不可以承受的呢？

寒风和雨雪裹挟着大地，瑟瑟发抖，漠漠萧索。当生命没了喧哗，没了繁茂的附加物，它依然独自屹立在那儿。它在等，等着来年早春。它知道，春天来了，它还会发新的芽苞，它还会越长越坚韧，它的根部会在脚下的大地越来越深。孤零，孤傲，孤绝。

四十多年前，爷爷亲手栽下小树苗。那时，他正青春，却已经失去了一条腿。他拄着拐杖的剪影被夕阳拉得老长老长，像黄土地上的瘢痕，结痂着内心难以说出的秘密。

树干两米处由一枝变成两枝，树干便呈“Y”字形向上生长。日复一日，年复一年，树叶绿了又黄，黄了又落，落了又长。夏秋季，婆婆每天都要清扫落叶，也用打下的果实喂养儿孙，在树丫缝隙中仰望蓝天以及星星点点的阳光。

往后的几年，爷爷照例每天眯着眼喝酒，只是慢慢变得温和、自持，在婆婆和儿孙面前肆虐了半个多世纪的坏脾气竟渐渐收敛了。

那年五一劳动节，我回家小住，临走时，爷爷半躺在他的旧沙发上，小声嘟哝了一句："又要走了，哎，又要等153天才能回来呢。""153天呢，我还有好多个153天？"他缓缓点点头，顿了顿又说，"见一次少一次，见一次少一次喽！"然后，望向院坝里那棵树，一声叹息。

那一刻，我看到了他眼底堆砌的落寞，听出了他语气里潜藏的伤感，但终究什么安慰的话也没说出口。

我眼前模糊了，万千酸楚涌上来，在嗓子口堵着，我深呼吸，努力压下去，又涌上来。

我得承认，婆婆走后那几年，我总觉得没有婆婆的家不再完整，不再温暖，回家就是年节的一个形式。我总说，忙呢。其实，也没有那么忙，只是没有那么依恋那个家了。在繁华的城市，我步履匆匆地赶路，心越来越空，越来越糙。

车子启动，我一回头，竟发现爷爷拄着拐杖站在房檐下凝望我们，两万多个日子把痕迹印刻在他的身上，将他磨损成一片缓缓下沉的瘦弱的枯叶。

在那薄薄的纵横着肌理感的影子里，我看到了风雨侵蚀里一代人的生命。

爷爷这一辈的人，不只是身体老了，灵魂也老了。依旧是日常的生活，可他们不是缩得小小的，就是扩得散散的，连痛苦和疲惫都淡然了，或者说，麻木了。

车子渐行渐远，爷爷的身影越来越矮小，而路旁的土豆地里，爸爸新种下的玉米已绿油油一片，土豆的茎茎秆秆、根根须须早已腐烂，成为滋养新生命的养分。

这大地上啊，庄稼一茬茬，人一代代，都一样。

我喉咙一紧，两行泪悄然滑了下来。

酒精或许是爷爷消解内心苦闷和打发漫长孤寂时光的唯一良药，当然，也是渐渐损伤他健康的毒药。

我们早已打消让他戒酒的念头，只是一次次劝说“要少喝点，少喝点”。

爷爷脾气很臭，因此他一生得罪了很多人，可能连他自己都记不清了。

我慢慢开始理解，他的倔，他的坏脾气，不只是性格，还有很大一部分源自他的自尊，或是自卑，这是一般农民所没有的。他其实是一个不甘落后的人，就算连夜校都没上几天，还是靠自己的能力成为队长，带领着社员搞生产，搞建设。只怨命途多舛，他年纪轻轻便因公失去一条腿。熬过低谷期，他不服输，因为从根本上他觉得自己应该什么都好，至少不能比别人差。他跛着脚进入建在10里远的曾家镇的粮油加工厂，当了10年的保管员。后来区上接管厂子，提出明确的用人要求：要年轻，要有文化，要懂技术。爷爷说，我一不年轻，二没有文化，三更不懂现在的什么技术，我不干了。自动请辞的他还是不甘心，用自己500元的积蓄在我们家附近建起了几间小屋子，又用150元去外地淘回来旧机器，办起了自家的加工坊，开始压面、榨油。只是好景不长，20世纪90年代初便停了工。他又到处做木材生意，前一两年还好，后来也就不了了之了。爷爷几十年里一直在探索，一直在用他的方式努力，某种程度上，他也是想找回面子，日子却又总是不如意。

是啊，爷爷也年轻过。那时，他有自己的志向，谋个一官半职，或者发家致富，或者干点儿别的什么大事。他应当是憧憬过美好生活的，或者，他骨子里认为自己不属于这片穷乡僻壤。可他的命运却是跟着自己的母亲与养父过着日子，他活着，也抗争着，一边维护虚妄的自以为的自尊，一边又一层层自我加深苦难的根源。

爷爷迁怒于曾祖父，迁怒于婆婆，有时也迁怒于爸爸妈妈；一家人，却又一致地迁就爷爷。日子，就这样一天天过了。

对于家乡，对于家乡渐渐老去的人们，我好像有了深层次的认识。

这几年，只要是节假日，我都会回去，带着我年幼的儿子。我重新去亲近泥土、庄稼、河流、云朵。我发现，回到农村，脚踩着家乡的土地，我的身心柔软松弛。我在这里大口大口地呼吸，在这里信手看几卷书，描摹几张画，在这里回到土地里去劳作，或者在路边种满花……在这里，才是生活。

爷爷极高兴，每次都掏出自己攒下的残疾补贴嘱咐爸爸给我们买这样那样的水果、蔬菜和肉，生怕我们吃不好。我们围坐一桌，吃着家常的饭菜，聊着家常的事情，爷爷比平时食欲好太多，兴之所至，小酌，不再贪杯。饭后，他倚在暖暖的墙根，看着自己的重孙儿在院坝的阳光下尽情蹦跶，沟沟壑壑的脸活泛起来，漾出久违的笑意。

每次我们返程，爷爷都强装着无所谓，也不起身相送，可是，透过车窗，总能看到他站在房檐下，孤零零的，像一片叶。

听吧，一种沙沙的声音在耳畔回荡，分外清晰。

那是树叶落下的声音，是风中看不见的利刃切割岁月的声音。

看吧，一片片缓缓下落的叶，有的红黄对垒，有的褐绿交织，有的叶状筋脉完整，有的被虫噬得洞洞眼眼、斑斑驳驳……不再围绕一棵树喋喋不休，复杂的心事只有自己知道。

它幻想着一些阳光从某个人的指缝里漏过来，照进它单薄的躯体。或者，老手表上指针就此停止。

一片落叶停留在时间之外。

我，或者我们，也许就是掌控阳光的那个人。

我闻到了干枯的味道，来自爷爷身上。

一个人在家，爷爷习惯在树旁的围栏上坐着，习惯将放养的跑山鸡唤到树下来喂养，习惯将撒欢儿的小狗哄到怀里跟它说话，习惯一个人盼望着我们回家……

离开故土后，格外眷念故土的野味。春雷如期唤醒土壤中的生命，人们对新鲜的野菜满怀期待，望眼欲穿。

蕨菜，珍嫩压春蔬；椿芽，竟月香齿颊……我最念念不忘的还是春笋。老屋旁有大片郁郁葱葱的金竹林，春雨一来，竹笋便愣头愣脑地钻出来，粗粗胖胖，惹人喜爱。竹子是爷爷年轻时栽下的，一年年越长越多，面积越来越大。笋子便常常成为我们的盘中美食。金竹是多年生一次结实植物，几年前开了花，整片竹林便自然枯败了，徒留一些怀念。

故乡高高的山里，有成片成片的野竹林，多为木竹。春风中，小小的笋尖儿一个个争先恐后探出头来，不几日便长到尺把高，手指粗细，刚刚好，立在绿竹间和青草中，这儿一丛，那儿一簇，细长青圆，凝碧纤秀，怎么看怎么舒服。正是采笋的好时光，村里的大姑娘、小媳妇儿三个一群，两个一伙，背着背篓，相互说笑着走进山去。

妈妈常年在外务工，爸爸一边照顾爷爷一边在附近务零工，根本顾不得去寻春日美味，我也只能在城市的高楼里呆呆念想一阵子罢了。

爷爷却拄着拐杖进了山。等我回家，爷爷已经将新鲜的竹笋焯水后又用清水浸泡一夜了。

竹多生于陡坡或石缝，我不敢想象爷爷是怎样小心翼翼攀爬上去，怎样颤颤巍巍掰下那些竹笋，又是怎样步履维艰挪动满袋竹笋回家的。邻居说，那天突然下起了大雨，爷爷没有立即返回，而是冒着雨一直掰，一直掰，等回到家，全身都已经湿透了。为了锁住笋的新鲜味儿，他来不及换衣服，又开始削蔸，剥壳，焯水。

“爷爷，二回（方言：下次）不要去掰笋子了，你腿不方便，多危险。”

“我有哈数（方言：有一定标准，有谱）。”

“以后再也不要去了。淋了雨，感冒了，多难受。”

“你喜欢吃，我就去弄，过了季，就只有等第二年了。”

“吃不吃都无所谓，你要是伤了就是大问题了。”

“没得事，没得事。”

……

尝鲜无不道春笋，食过春笋，方知春滋味。我一根一根夹着盘中的笋，埋头吃着，清香回甘之外，还有一丝隐隐约约的酸涩，是眼眶中点点泪花的味道吧。

很长时间以来，那些未曾表达的，无论是爱还是恨，都压迫着，让人并不轻松。而往往一些不经意的瞬间便触动了心灵深处最柔软的角落。

婆婆下葬的几个月后，坟地周围有了数十株新移栽的杉树苗，如今已长到四五米高，碗口粗细，蓊蓊郁郁了。

我知道，那是爷爷移栽的，只是心里一直对他的冷漠和绝情耿耿于怀，以致对他后来那些所谓的付出不以为意。

那天去婆婆坟前，出院回家的爷爷已经先我一步到了。

“你倒是好啊，走得撇脱（方言：洒脱）留下了我一个。”爷爷割去坟头杂乱的草，“放心，娃儿们现在都好，重孙已经满地跑，乖得不得了，可惜你没看到……”他叹息一声，揩了揩眼角，又继续清理。

我总是细想起婆婆那些年年月月任劳任怨的委屈，以及爷爷那些月月天天无休无止的苛责，想着他们那鲜血淋漓的磨合和心如针扎的纠结。想着想着，世界渐渐暗暗沉沉。说来也怪，压抑的境况中总是生长出婆婆的声音。

婆婆说："你爷爷年纪轻轻残了腿，他这一辈子也不容易。"

婆婆说："不管你爷爷脾气怎么坏，对人有多么不好，我们终归是一家人。"

婆婆说："一家人就要齐齐整整在一起。"

婆婆说："对外人都能宽容，对家人更要宽容才是。"

……

婆婆像一面光洁的镜子，在我瘢痕累累的心墙和那颗钉在心墙上生锈腐蚀的钉子旁，散发着朴素的光芒。

消化和转化昔日精神伤痕的意愿，最终来自对婆婆的回忆，来自婆婆的倾力付出和强大愿力，来自婆婆一辈子的爱、温柔与善良。

"爷爷，"

"哎，莎莎回来啦！"

他抬头望向我，露出慈祥的笑意。

我走过去，轻轻摩挲他的背部，他瘦得只剩下颤巍巍的骨头，我的内心迅即涌上一股巨大的悸动。

再坚硬的日子也有温馨的痕迹，或是触痛内心的暖。那些曾经自认为绝对无法接纳的事情，其实内心深处不知不觉已慢慢接纳了。

在这样一次偶然机会下，爷爷心里隐晦的柔软和依赖，突破复杂的壳，自然袒露出来。

婆婆多年来为这个家、为爷爷流的汗水和眼泪，已凝结成晶。舌尖触碰，还能尝到淡淡的苦，随后，便是余味——生活的滋味。

婆婆的言行，轻轻浅浅，经过漫长时光的发酵和抛光，变成对我内心真正的慰藉，一点一滴传递长长久久的人间真谛，在千疮百孔的生活里，搭建起温暖的精神家园，无声无息地影响了我，甚至决定了我的前途和命运，其意义远远超越了十多年的寒窗苦读。

我被婆婆给予的力量包裹，辽阔、柔韧而温柔，心境渐渐澄明与豁达。是她让我从恨意中解脱出来，发现爱与宽恕的道路，去接受，去放过，去感念。

记忆终是美好的，如果愿意弥补生命中那些大大小小的遗憾，不是忘记，不是放下，而是花工夫平静、温暖地去弥合。即便不能事事尽美，只要自得圆满，足矣。

我痊愈了。

在和爷爷并肩坐在婆婆坟边的那一刻，我们确认了彼此的心心相印。之前，我没能打开自己，更没有打开爷爷，或者说，我甚至没有像看待一个平等、独立而完整的人那样看待我的爷爷。曾经在意的那些责难、挑剔、冷漠、委屈、怨恨，如僵硬的、碎裂的水泥皮纷纷掉落，我们之间再无隔阂了。

我以极其温润的体谅与自己、与生活、与爷爷自然而然地和解了。

我们的血液在带来彼此生命血肉相连的呼唤。

我们对婆婆的爱与怀念，在时间的风中飘啊飘，飘得很远，很远……

长辈对孩子来说，或许就像风筝的线，老树的根，船的帆，一直都在成全。

就算给晚辈再多，总感到还有很多亏欠；可晚辈就算给他们很少，都说是孝心一片。

这样的付出与回报，永远难以画上等号。

寸草春晖

曾祖父是个极和蔼的人，但爷爷自小和他并不亲热，甚至年岁越长，越生疏。

一天，因为一些琐事，爷爷和曾祖父又发生了口角。

起先，曾祖父忍着，不搭言，他从地里忙完农活回来端着土瓷碗喝水。爷爷借着一点儿鸡毛蒜皮的事情吵闹开来，越吵越厉害。曾祖父偶尔回一两句，爷爷的火噌噌往上冒。婆婆和妈妈小心翼翼地劝解，只招来爷爷一番破口大骂。爷爷怒容狰狞地翻出一些旧账，直至鼻子、眉毛拧在一起，手臂上、脖子上的青筋跳起一层，像爬满蚯蚓。

爷爷怨气横陈，疾言厉语，终是触破了底线，一向隐忍的曾祖父实在忍无可忍，腾地站起来，眼睛血红，哆嗦着干巴巴的两片嘴唇仰头悲叹："我不想活了，我不活啦！"他用满是老茧的手举起那个土瓷碗朝自己的头狠狠地砸下来。

瞬间，血液迸出，顺着曾祖父的脸颊流下。

即便如此，爷爷的怒火仍在舌尖噼噼啪啪燃烧，风撩起他干枯、毛糙的头发，像一只愤怒的乌鸦。

才四岁的弟弟坐在地上紧紧抱住爷爷的小腿，一个劲儿哭着央求：“爷爷，爷爷，你莫要说了，莫要说了，祖祖（方言：曾祖父）都流血了——”见此景，爷爷才勉强收了口。

弟弟又飞奔到邻居家，借来了创可贴。妈妈为曾祖父贴了五六个创可贴，才算止住头上伤口的血。

等我放学回家，院坝里的一大摊血已被婆婆清理了，可那血迹算是深深刻在了我年幼的心里。

也是那次，我才知道，原来爷爷并非曾祖父的亲生儿子。婚后，曾祖母与另一个人相好，有了爷爷。后来，曾祖母还常常带着爷爷去那家小住。曾祖父自然是要寻他们回来的。即便爷爷非亲生，曾祖父也视如己出，疼爱有加，将他养育成人。

爷爷的性子完全随了曾祖母。他更是习惯性地将出现在生活中的一切不幸，悉数归咎于曾祖父。在爷爷内心深处，这个拥有父亲角色的人，是导致他失意人生的根源。他赖以信恃的顽固，黑乎乎地盘踞在他体内。所有的不如意、不满意的坏情绪，总不由分说发泄到曾祖父头上。

曾祖父有何过失与亏欠呢？他慈爱而忍让，换来的只是变本加厉地挑剔、指责和肆无忌惮的埋怨，甚至谩骂，毫无任何情感上的挂牵。

随着曾祖母的病逝，一层层加深的隔阂，结实地横亘于父子之间。那是一条深不见底，难以逾越的暗河。

婆婆待曾祖父倒是如亲生父亲。

有十年左右的时间，曾祖父都是躺在床上度过的。一日三餐，婆婆按老人的口味和喜好做好，然后端到曾祖父床头。爷爷对此极有意见，总是找些碴儿将婆婆数落一顿。心疼婆婆，放假在家的日子，我都代替婆婆去给曾祖父端饭和收拾碗筷。

有一次，婆婆做好早饭盛在碗里放在灶头，因手里有点儿事耽搁了一小会儿。等她返回灶房欲将饭菜端给曾祖父时，竟发现已被爷爷倒在了猪食锅中。站在灶边，婆婆泪流满面，愣了好一阵子，她又开始烧火重新给曾祖父做饭。

每天给曾祖父烧一瓶用来饮用和洗漱的开水，隔三岔五给曾祖父换洗身上的衣物，每月清洗一遍曾祖父的床单被褥……这些事情，婆婆都要偷偷摸摸地进行，生怕被爷爷发现，一旦被发现，免不了挨一顿骂。

婆婆说："他是你的爸爸，我照顾他，我没有错，就算你不管他，我也要管。"爷爷自然是听不进去的，也从来不领婆婆这份情。

如果当年，不是遵父母之命、媒妁之言嫁给爷爷，婆婆会不会比现在过得幸福？爷爷会遇到一个什么样的人，过怎样的生活？没有答案。命运的藤蔓把他们拴在了一起，此生是无论如何也摆脱不了干系了。

婆婆并不是软弱，她看似"逆来顺受"，实则是不想家里永无宁日，不想在外务工的爸妈为她牵肠挂肚。当然，更是因为婆婆身为儿媳的孝心和骨子里的善良。

婆婆说，任何人都不能做到事事尽善尽美，老年人（方言：父母）也是如此，他们以他们的方式对子女倾尽所有。

是啊，曾祖父心里该有多苦？他却丝毫没有把这份苦蔓延给任何人，对两个儿子和三个女儿，对婆婆，对妈妈，对我和弟弟，都极好。只是他不善言辞，不擅长表达他的爱，或许这也是基于一种延续数千年的传统。

记得分家的那几年，曾祖父心疼爸妈，总是忙里偷闲捡些柴火或扯些猪草偷偷放到我们房里。放牛时，也一并帮我们看着牛；手头空了，就搭手干些地里的活儿。他总跟爸妈说："你们不容易啊，种那么多庄稼，还要挣钱供娃儿们读书。我就是没得啥能力，但凡有能力，就可以帮你分担一点了……"

曾祖父哪里疼哪里痛了，从来不敢跟爷爷说，总是爸妈给买药。爷爷出去打工那次，没有跟曾祖父讲。他走后不久，曾祖父就患了带状疱疹，我们老家俗称"水蛇缠腰"。他的腰部布满红斑，继而出现成簇黄豆大的红色丘疹，再变成清亮的水疱，周围一片红晕。发热，乏力，疼痛，曾祖父忍受着折磨。婆婆和爸妈悉心进行日常护理和饮食调理，一个月时间，曾祖父恢复如初。

2009年冬季，曾祖父病重。

他神志不清，时常大喊大叫或爬起来下床乱跑乱跳，爸妈从务工地赶回家，和婆婆一起照顾他，每天喂饭、喂水、喂药，擦拭身体，服侍大小便……几个月里，他们基本衣不解带，片刻不敢松懈。

这个过程，爷爷是不曾参与的。

次年4月，曾祖父离世，享年94岁。

守灵时，爷爷已经在房里呼呼睡去；出殡时，爷爷还醉醺醺歪坐在沙发里……几个弟弟妹妹也拿这个哥哥没办法，仰天长叹："哥哥啊，哥哥啊，咋得了——"

因为醉酒，爷爷一连伤了好几位前来帮忙的邻居的心；繁杂的事情他不料理就算了，还无理取闹地责骂爸妈多管闲事……几个月不眠不休、忙里忙外的妈妈再也压抑不住，放声大哭，婆婆也跟着泪水涟涟。

丧事期间，恰逢连日倾盆大雨。靠着爸妈的操持，靠着亲朋好友帮忙，曾祖父得以入土为安。

于爷爷而言，父子亲情终是一颗被压抑得干瘪的种子，被深埋在板结的泥土里，没能生根发芽。

曾祖父去世的两个多月后，婆婆生病入院，半年后，也因病离世。同一年里，我们经历了两场告别。

有人说，在对待父母的态度里，往往藏着世界对待你的态度。我深以为然。

爷爷对曾祖父的态度，我没有资格做任何批判。几十年来，大家的眼睛是雪亮的，大家的评价是客观的，这在两场丧事中得到了最为真实的验证。

我们从来不是为了别人的评价而活，但是别人的评价恰恰证实了我们的价值和意义。

婆婆从来没有跟我讲过什么大道理，她只是站在子女的角度，去理解、关爱父母，去包容体谅他们，并且善待他们。

婆婆总说，做儿女的也将成为父母，也将有自己的儿女。是啊，为人子女，终有一天要与父母角色互换。婆婆的言行深深影响了爸妈，影响了我和弟弟。爸妈对曾祖父的孝，对婆婆的孝，以及对爷爷的孝和谅解，都源于婆婆。那么，我对婆婆、爸妈，以及公婆的孝，又何尝不是源于婆婆呢？

长辈对孩子来说，或许就像风筝的线，老树的根，船的帆，一直都在成全。就算给晚辈再多，总感到还有很多亏欠；可晚辈就算给他们很少，都说是孝心一片。这样的付出与回报，永远难以画上等号。

亲情或许在最不起眼的角落，但如影随形，且在任何时候都能抚慰我们心灵那个最柔软的角落。遗憾或惭愧的是，当懂得时，父母已老。

父母在，人生尚有来处；父母去，人生只剩归途。

这一生，爷爷终究再也没有机会与曾祖父言和了。

幸运的是，在这样的原生家庭里，我们却受到了良好的教育，起伏跌宕、悲喜交加的生命体验推动着我们沿着脚下延伸的路往前走。

这份孝道和亲情所凝聚的家风，也将一代代绵延传承。

婆婆的木质小床，朴素简单，床褥下铺着厚厚的干麦草，躺上去有时还会沙沙作响，散发着淡淡的麦子的香味。

多少年来，它上面有过的生活的真实喘息、摇晃和梦呓，都慢慢凝固成床框上一层层暗红色的木纹。

半夏花开

出身于一个平凡得不能再平凡的偏远农村家庭，像种子掉在了岩石缝中，起点被安排得明明白白。

婆婆总说，命不由天，怎么也要搏上一搏，农村娃只有好好念书，才能走出这大山，脱了这“农皮”。

我和弟弟5岁前，在爸妈的辅导下已经会读写所有拼音和数百个汉字，会两位数的加减法。

为了上学，我们每天6点起床，天蒙蒙亮就踏着露水走两个小时山路去学校。下午，伴着夕阳余晖归家，有时直到月黑风高都未走到家，婆婆便举着火把来寻。冬天大雪封山，一脚下去，雪没过了大腿，裤子上常常挂着厚厚的一层冰晶，靠体温融化，又靠体温烘干。夏季阴雨连绵，小路湿滑，时常摔得浑身是泥。一条河上，两根圆木棒并拢搭在两岸便是桥。一个雨天，我的一条腿卡进了两根木棒之间，桥下浑黄湍急的河水没过了我的脚，吓得我哇哇大哭。每天回家扒拉几口饭，我们便开始做作业，一做就到很晚。婆婆极其支持我们学习，她从不让我们干家里的活儿，忙完了会坐在我身后守着我。她看不懂，却看得仔细认真，看得满眼笑意。

打工潮渐渐兴起，村里人陆陆续续外出挣钱。婆婆深知，依靠地里的庄稼根本支撑不了一大家子生活，更何况还有我和弟弟的学费、生活费。她劝说爸妈外出务工，她甘愿自己承受更多的艰难困苦，只为了我们能顺利读书。

等我们真正成为留守孩子，才明白路途有多么坎坷，不过也因此更加坚定信念：把书念下去，然后走出去。

在这漫长的过程中，一些读书无用的言论总是时不时地充斥在村子里："张家的老大，出去打工，一年挣了一两万呢。""李家老二，学习不行，出去挣钱可行了。""你看你们，两个娃上学，压力多大，还不如早点挣钱减轻家里的负担。"……十几年时间里，村子里不少孩子的父母都改变了供娃娃读书的初心，觉得所谓的知识改变命运还不如打工改变命运来得快。不少家庭锁上房门，带上孩子一起外出了。当然，也确实在短时间内见到了效果，一两年时间，家里几个人收入加起来轻轻松松就盖起了楼房，洋气极了。

婆婆和爸妈对于我们上学的事情，始终坚定信念，从未动摇，这是很长一段时间内他们人生的全部轨迹和重心。生活固然艰辛，但家人齐心，总能跨过一道一道的坎儿，迎接着属于我们的未来。

婆婆说，不要看别人现在过得如何如何，家里修不修房子不重要，吃的、穿的好不好也不重要，只要你们努力读书，成绩好，就好；只要你们以后不像我们一样面朝黄土背朝天，就好。

从入学开始，我的成绩一直名列前茅，这也是他们最骄傲的一件事。

中考时，从来没有流过鼻血的我竟然在考场流起了鼻血，鼻孔里堵着两大坨血红的卫生纸艰难地完成数学科目的考试，可想而知，差距就出来了。结果不用说，与市里的高中录取线差了几分，我只得读了区里的高中。让人哭笑不得的是，自那之后我竟再未流过半滴鼻血。

在朝天中学，我的成绩挺稳定，家人和老师都认为考取一个本科的学校是没什么悬念的，可高考成绩出来，偏偏离本科线差了几分——又是几分的差距。

命运常常喜好折腾。

那时，我真觉得天都塌了下来。曾经那颗硬邦邦的自信心“哐当”摔碎在眼前，散落一地。

对于婆婆，对于父母，我深感愧疚。我将自己蜷缩起来，躲进冰冷的壳里，拒绝一切光亮的事物，一切温暖的言语。纵然是极不甘心，但又没有勇气重新爬起来。

一段时间里，我甚至像火药包，一点就炸。我居然将自己的坏情绪发泄到了我最亲近的婆婆身上。当然，这也成为我终生的痛，因为我再也没有机会弥补。

婆婆不识几个大字，她的名字都还是我教会她的。在那个年代，就是这个一天学堂没上过的婆婆，鼓励儿子、儿媳外出务工，供孙女、孙儿读书，而她承担全部的家庭重担；就是这个一天学堂没上过的婆婆，只让孙女、孙儿尽管安心学习，不用分担任何家务；就是这个一天学堂没上过的婆婆，在孙女遇到人生第一个低谷的时候，给了她坚韧与力量。

那天晚上，婆婆忙完手里的活儿，在我身边坐下来。她打破夜的沉寂，和我聊一些零零碎碎的话语，我漫不经心地应答着。

远处，群山重叠，莽莽苍苍，一圈圈，一道道，如同黑黢黢的锁链一般，牢牢拴着村子，毫无出路的感觉。

“莎莎，就像你看到的那些山，事实就是这么个事实，只有展劲（方言：使劲）翻过它。把书念下去，才能走出去。山不过来，你就走过去嘛。”婆婆说出这话的时候，一轮月从乌云里钻了出来，圆融清透，纯净如初。

“再试哈子（方言：试一下），没啥熬不过去的，你晓得的，再黑的天也总会亮的。”婆婆的道理都像泥土一样，看起来软，实际上硬。

《吠陀经》说：“一切知，俱于黎明中醒。”目不识丁的婆婆竟也深谙这哲理。

夜静更阑，婆婆陪我并肩坐在老屋的木门槛上，直到晨光熹微。光来了，黑夜就消失了，身心变得明亮，全世界也明亮起来。

婆婆让我坚信：我会走得很远，远过这些山丘，直到靠近蓝天，靠近太阳。

道阻且长，行则将至。

一个月后，我重返学校，开始了更为艰苦的复读之路，我们称之为“高四”。在追梦的路上，迎难迈出的一小步，或许超越了成功的意义。

我的学习更紧张了，每月的两天假期常常用来恶补功课，回家的时间少了，但每次只要到家，一定有婆婆留着的热饭、热菜和热汤。

因家境窘迫，买不起手机，我平常无法跟家里联络。婆婆大概是每一个周末都给我留着饭菜的，若等到我回去自然是极高兴的，那些没有等到我的假期，她又是以一种什么样的心情吃完那些平时断然舍不得自己做来吃的饭菜呢？

她总说：“你安心念书，千万莫为家里的啥事分心。”

她总说：“莫要压力太大了，还来得及，这回你肯定考得上。”

她总说：“我们莎莎以后一定有出息。”

……

婆婆的语气笃定而柔和。

埋头扒拉着温热的饭菜，我暗暗发誓：一定要全力以赴，一定要出人头地，一定要让婆婆享享我的福。

距离高考还有二十多天。

那天中午，我照例带了一本教材回寝室，饭后在床上温习一阵子后才迷迷糊糊睡着。

睡梦中感觉床铺摇晃得厉害，又极不愿睁开眼，心想：上铺的妹妹真是的，都不知道动作轻一些吗？摇晃越来越厉害，床铺靠着的窗户嘎吱作响，有什么东西簌簌落下。我们陆陆续续被惊醒，都一骨碌坐起来，面面相觑。旧木窗框与墙体已经裂开半拃宽的一条缝隙，我的被褥上全是碎落的大大小小的渣块。

整个校园汹涌着嘈杂的人流声。“快起来，快起来，地震了，快跑——”我们有些蒙圈，迟疑片刻后恍然清醒，迅速跃下床，出门混入惊惶的人群往操场跑去。

等我们到操场，全校的师生都已经疏散到这里。朝天中学是依山而建的，操场在整个校园的最上边，也没硬化，就是纯天然的黄泥巴坝子。此时，烟尘四起，地下似有庞然大物肆意游走，地面起起伏伏，电线杆摇摇摆摆，电线一下子被拉得紧绷绷的，一下子又松松垮垮的。轰然一声，教学楼的一角在我们眼皮底下垮塌。一阵嘶哑的惊叫，大家的心都提到嗓子眼儿上来了。都想知道究竟发生了什么，但通信已瘫痪。我们被困在了操场，与世隔绝。

我开始疯狂地想念家里的婆婆、爷爷，想远在浙江的爸爸、妈妈，想在曾家镇读初中的弟弟。心口有什么填着，压着，箍着，连呼吸都不顺畅了。他们也一定和我一样，在难以名状的担忧中煎熬。

将近两个小时的漫长等待后，通信才恢复，消息慢慢汇聚：北京时间2008年5月12日14时28分4秒，8.0级大地震。那时，对于地震知之甚少的我们以为一切很快就会过去，要不了多久就能回教室上课。然而，我们在操场一待就是几天几夜，白天顶着烈日暴晒，晚上围着火堆取暖，一个个灰头土脸的。直到救援帐篷搭建好，我们才得以躺下睡个觉。

操场上开设起露天课堂，余震不断，操场边两间矮旧的食堂常常呼啦啦作响，房顶上的青瓦片片脱离，有的乱七八糟地堆叠着，有的顺着房檐掉落在地，碎成大大小小的瓦砾，溅起浓浓的灰雾，呛得我们好一阵咳嗽。

临近高考时我们才放假，一是因为地震灾区高考延期一个月举行，二是等板房搭建完成再继续上课。终于回到了家，婆婆拉着我在院坝里的帐篷中坐下，不停地摩挲我的手、我的肩背、我的头和我的马尾辫。她讲这些日子的经历，她讲对我和弟弟的担忧，她讲世道无常、灾难无情……差一点儿，我们可能真就阴阳相隔或在天堂重逢了。

身在重灾区，安安全全挺过来了，我们是幸运的。对于生命，对于生活，我似乎有了另一番体悟。

走过的每一步，都是成长；活着的每一天，都得珍惜。

2008年7月3日至5日，伴着淅淅沥沥的小雨，我们在临时的考点参加了高考。

拿到大学录取通知书的那天，婆婆喜极而泣，直说“皇天不负苦心人哪”。她不识字，却把通知书仔仔细细看了又看，小心翼翼地摸了又摸。薄薄的一张纸，在婆婆眼里就是走出大山的通道，走出去，就是别样境地了。婆婆足足美了好一阵子，笑意先是漾在嘴角、眉梢，又逐渐弥漫，渐至从头到脚每一个细胞，每一根毛发。我欣慰，我的努力让婆婆有了暮年的欢喜。

开学前一夜，我再次钻进婆婆暖暖的被窝。我们聊了很多，具体内容倒是记不清了。婆婆是带着微笑入眠的，额上的皱纹舒展了不少。静夜里，我一直贪婪地聆听着她轻轻的呼吸声。这呼吸，有着内敛的激情，只是婆婆以从容的方式淡淡出之。她一向如此，温情脉脉，深情款款。

脑中的那些大大小小的记忆，逝去的那些深深浅浅的日子，一点一点地亮起来，暖起来，像放电影一样在我眼前闪耀着晶莹柔和的光芒，我掖着被角，不知不觉中，泪水浸湿了印着富贵牡丹的枕巾……

鸡还是叫了，天终究亮了。婆婆叮嘱了又叮嘱，看着我一步步走远。翻过垭口，我忍不住回眸，婆婆还守在那里，身影羸弱。直到很久以后，我也没能抹去那个身影。它如一朵云，浮在眼前；又似一块铁，压在胸口。

小时候，我总想去远方看看，去外面的世界闯闯。我想过，或许翻过山梁就是远方，或者蹚过了河就是远方。而真正懂得远方，还是在离开了故乡之后。

那么，婆婆的远方呢？

去了外市，难得回家，好不容易才熬到了寒假。从南充到广元数百公里的路上，刚开始，我一公里一公里地想婆婆，汽车越颠簸，我想得越急。我已经不能忍受一米一米地想，只好不看窗外，闭上眼睛，一秒一秒地想。正好，想念的节奏，与我的心跳一致。

南充—南部—阆中—苍溪—广元—朝天—曾家，历经十余个小时，转好几趟车我终于到家了。

婆婆边寒暄边捧来香喷喷的饭菜，家的馨香瞬间穿透肺腑，直抵灵魂。

晚上，我仍和婆婆一个被窝，寒冷的乡村冬夜，没什么比钻进婆婆温暖的小被窝更让人温暖和向往。

我生来就手脚冰凉，婆婆总是事先在被窝里放好灌满热水的玻璃输液瓶儿，再把我冷冷的身子拥入她怀中。一直抱着暖暖的婆婆沉入梦乡，好像就是我小时候的梦想。

婆婆的木质小床，朴素简单，床褥下铺着厚厚的干麦草，睡上去有时还会沙沙作响，散发着淡淡的麦子的香味。多少年来，它上面有过的生活的真实喘息、摇晃和梦呓，都慢慢凝固成床框上一层层暗红色的木纹。幽暗的屋子里，摆放着木质的大衣柜，氤氲着微微阴湿的气息。窗格下的木质写字台上，还留着独自燃烧过的红烛。木门与地面摩擦的声音总是在耳畔响起，是儿时的歌谣，萦绕在我成长的数个日日夜夜。

我从来没有想过婆婆会变老，她一直那么年轻，那么有力量。可是，她的腰分明有些弯了，突兀着弯曲的脊梁；瘦骨嶙峋的脸上，蜿蜒着深深的皱纹；黑丝帕发丛里，已然有了绺绺驳杂的灰白……

不管我是否情愿，婆婆老了，而且还会越来越老。

婆婆是在什么时候变老的呢？

我用勤工俭学的钱给婆婆买了件花衬衫，放暑假回家时，迫不及待地拿给她。

“干吗花这个钱？”婆婆抚摸着衬衫，“这衣裳给我这个农村老太婆穿太浪费了。”心疼钱归心疼钱，漂亮的花衬衫让婆婆眼里泛着欣喜。

“婆婆，我勤工俭学赚的钱，我的心意嘛，你就试试嘛！快，试试嘛！”我一撒娇，婆婆就拿我没办法了。

“你呀！以后再也不要给我买东西了哈。还有呀，莫要总是去勤工俭学，念书已经够辛苦的啦！”婆婆微仰着头，笑眯眯看着我，“你现在是大姑娘了，自己买点吃的、穿的、用的，我们莎莎要健健康康、漂漂亮亮的。”是啊，我长大了，已高出婆婆很多了。

在我的再三催促下，婆婆试了新衣，很贴身，很好看。她这里捻一捻，那里抻一抻，动作极轻，满脸含笑。脱下来之后，又仔细摩挲了一番：“现在这料子越来越好了，很贵吧？”

“不贵，便宜得很。”

婆婆微笑着，温暖极了。

其实，买的衬衫的确不算贵。这并不是一种吝啬，而是贫穷带来的积极意义——钱应该用在值得的地方。

礼物不是必要的，重要的是真情，以及所蕴含的那份真挚的爱。

这些年来，婆婆宁静朴素，审慎节俭，但她对我们，对这个家，一点儿也不吝啬，她给予了自己的一切。

婆婆还剩下些什么呢？我常常在想。

后来，婆婆常说，要是那次我没了，她也活不了啦，我就是她的心肝宝贝，是她的命。

大概，婆婆把她命里的好运都给了我吧，以至于我一次次『死里逃生』，以至于她最终死于疾病。

南栀向暖

小时候，我并没有女孩子的样儿，用长辈的话说就是“翻精倒怪”（方言：形容想法、做法很奇怪，不循常规）。

一天，家人都在地里干活，婆婆在灶房忙着煮午饭。

厨房外斜搭着一架通往二楼储物间的木梯。我仰着脖子努力想要看到楼上的风景，或许是秘密基地，藏着什么宝贝呢？两岁的我，无法抗拒那份神奇的魔力。顺着浅浅的扶手，我开始撅着屁股往上爬，短小的双腿用足了劲儿。一格，两格，三格，四格……眼看着，离楼上新奇的世界越来越近。

哎，要不怎么说世事无常呢。“扑通”一声，是的，我掉了下去。

婆婆闻声出了灶房，从地上抱起我时，鲜血正从我口中往外喷涌，再加上鼻涕和眼泪，简直人不成人样儿。婆婆急得号啕大哭。爸妈飞奔回来，简单处理后，抱着我就往街上的医院跑。万幸，没有伤及筋骨，只是一些皮外伤和摔掉了一颗门牙。我刚长好的乳牙，都还没派上什么用场，就活生生被摔断了。

都以为乳牙摔断了不碍事，等到换牙就自然长好了，医生也是这么说的。然而，我一天天长大，门牙却迟迟长不出来。满口牙都换了，那颗门牙还是没有任何动静。直到青春期才慢慢地冒出一点儿，就那么一点儿，极吝啬，关键还斜歪着。也因此，我总被同学们嘲笑是“豁巴齿”。仿佛自带显微镜，越是审视，就越是放大自己的缺陷。我不再愿意开口笑，甚至说话都不敢张大嘴巴，更不敢直视对方的双眼，生怕被人耻笑。自己就是一只丑小鸭，我越来越自卑。

为此，婆婆一直处于深深的内疚中，那份痛楚和自我谴责伴随着她的每个日日夜夜。当然，这是我后来才体悟到的。她在面对我时，总是乐呵呵地安慰说：“没关系，牙齿会长的，要是真的不长了也可以想办法，现在医学不是越来越先进了吗？我的莎莎这么乖，以后定是个好看的姑娘……”说真的，我从来没有怨过婆婆，是我自己太淘气，也是因为婆婆一直坚持不懈地鼓励，那份羞耻感带来的尴尬与不适，并没让我产生严重的心理阴影。我是幸运的。

好不容易熬到了18岁，医生却让等几年再矫正。婆婆总说，一定要把牙齿看好，她出钱。其实，我都知道，她早将一分分攒下的血汗钱包在旧手帕里压在枕头下，每晚枕着入眠。

终于，在大二暑假，我回到广元，接受了治疗，安上了烤瓷门牙。

对着镜子，我看了又看，一口牙终于整整齐齐。18年了，我们等这一天等了18年。

我急不可耐，想飞奔回家，婆婆要是看到如此完整的我该有多开心。

电话响起，是弟弟，他说婆婆病了……

就是接婆婆到广元市人民医院检查的前一天……

童年时期的我极不安分，丝毫没有如今温婉的样子。

记得那年梨子成熟的时节，那梨可真香，空气里都是甜甜的滋味。我低着头，缩着肩，弯着腰，避开田间劳作的家人的目光，麻利地爬上了田坎边一棵老梨树。

我踮着脚，伸出右手去够枝上挂着的梨，顺利摘到一个，揣进衣服口袋，还想再摘几个，于是侧着身子去够另一枝头，脚下一滑，抓住树枝的左手也顿时失力，突然像被什么东西狠狠拽着般，身体失去了控制，快速而无助地落了下来。

田坎下的石子地面，一声闷响，婆婆和爸妈闻声飞跑过来。那时的我已经晕死过去。后来，听婆婆说，他们如何将我抱回家，如何掐我的人中，如何使劲呼唤，如何声嘶力竭，如何手忙脚乱……

我苏醒过来时，早已哭成泪人儿的他们破涕为笑，继而又哭，再笑，再哭……婆婆把我紧紧抱在怀里，一个劲儿喃喃道："你可吓死我了，可吓死我了！没得事就好，没得事就好，谢天谢地，谢天谢地。"

大难不死，有没有后福我不知道，只是我的"大难"好像真不少。

婆婆在远处的玉米地里寻油菜，准备制作家乡人每天都要食用的酸菜，我和表妹在旁边绵绵青草的小道上玩。

表妹是大姑的女儿，小我一岁，来家小住一段日子。因为婆婆会在井边洗菜，我们便提前过去。水井深度和直径都在两米五左右。冬季缺水，为了方便下到井底取水，井壁由石头错落垒成。正值青蛙繁殖时节，清澈的水面上游荡着成群的小蝌蚪，着实可爱。我们找了家里自制的摘果子的网兜去网蝌蚪。都想着要自己来网，争来争去，谁也不愿意让谁。表妹一生气，照着我的后背就是一掌，连人带网，"扑通"一声，我跌入了水井。

我在水中扑腾了几下，很快便晕头转向，抵不过强大的水压，慢慢沉下去。越来越深，越来越暗，我什么也看不见了。那时，我不到1.3米的身高，脚不久就触到井底的淤泥，井水越发浑浊，血一样的腥味侵入肺腑。来不及恐惧，想到曾在冬季攀爬过这口枯井，我相信我能爬上去，我一定可以爬上去。我甚至不知道年幼的自己在那一刻哪里来的胆识和勇气。我屏住呼吸，用力抓紧井壁石头的棱角，踩在石与石的空隙，铆足劲，往上爬，往上爬。

一步，两步，三步……直到头冒出水面，我终于出来了，可以呼吸了。我用尽全力爬出井口，这才感到心惊肉跳，全身无力，颤抖不已，天旋地转。

表妹早已跑得不见踪影。

我拖着水淋淋的身子，疲惫地走到田地边呼喊婆婆。

我是怎么和婆婆回到家的，他们是怎么找到表妹的，我倒是记不清了。

后来，婆婆常说，要是那次我没了，她也活不了啦，我就是她的心肝宝贝，是她的命。

大概，婆婆把她命里的好运都给了我吧，以至于我一次次“死里逃生”，以至于她最终死于疾病。

广阔的墨色苍穹，一颗又一颗星星闪着纯净的光，那是婆婆，以及无数和她一样的人们，在为大地掌灯，为活着的我们，以及子子孙孙的灵魂掌灯。

45度仰望，你在，我在，婆婆在，千千星辰在。

星辰千千

婆婆做事妥帖，能把每件事都做到极致：她收拾的屋子整洁有序，不沾染一点儿灰尘；她种的菜绿肥红瘦，不夹杂一根闲花野草；她将时间掐得刚刚好，把猪喂得膘肥体壮；她将柴火码放得整整齐齐，像等待检阅的方阵……

当不幸与苦难像大山一样层层逼向婆婆，她不但没有倒下，还像草一样从巨石夹缝中钻出，顽强地活着，热烈地活着，博大无私，善良宽容，勤劳勇敢，在逆境中乐观，在困顿中豁达，在艰苦中坚韧，这是婆婆也是千千万万乡村女性最朴实、最可贵的品性。

婆婆一辈子不动大气，她是一个没有恨的人，不记恨曾祖母的苛责和侮辱，不责怪爷爷的强势和冷漠，不埋怨生活的坎坷和磨难，不苛求晚年的享乐和安逸，历经万转千回和荆棘遍地还有一颗慈悲之心。她从不求人，但任何人有求于她，她都力所能及地给予帮助。她总是记人之长，忘人之短，有着难得的平易、知足、慈俭，不争不贪，不欺不伪，不张不扬。

我在婆婆给予的绿荫下茁壮成长起来。我见证了婆婆一辈子的痛苦，可是婆婆对于痛苦的认识、态度以及化解，是多么宝贵的精神财富。她把这些留给了我，让我引以为荣。

婆婆的善良是一种深入骨髓的品质，天生具有佛性。她像一个热水袋，总是温暖别人，且不忘更换热水，永远恒温。认识婆婆的人无不夸耀她的美德——一个大字不识的农村妇女，赢得了所有人的尊重。

婆婆一生无欲则刚，有容有量。在命运面前，就像在她至爱的人面前一样，她又顺从又成全。人们常说："但愿命运成全我。"婆婆的言行，常给我的感觉是：她在成全命运，她与命运相视而笑，莫逆于心，像尊重她所爱的人一样，她也尊重命运的天性。

各有各的渡口，各有各的舟。婆婆顺从命运，我顺从婆婆，我又像小时候一样，由她牵着手，在人生路上行走。

婆婆常对我说，天地间，自有"情"和"理"。

她有着那种完全发自身体本能的博爱。

其实，故乡那些世俗、庞大的乡情，以及并不让人愉悦的势利，那种复杂的美和杂糅的丑，都在我年幼的记忆里盘踞着，那是乡村日子与日子纠结时年深岁久的结，是乡村人性与人性碰撞时经年累月的痂。

柴火是能煮饭、烧水的柴草的统称。那年月，柴火跟粮食一样金贵。

山里人只有向森林无限搜刮——林中的草被牛啃得精光，林中的松针落叶裹上牲畜粪发酵后便是庄稼渴盼的农肥，落下的枝枝丫丫便是生火做饭、烧煮猪食和火塘取暖的柴草……仅靠自然干枯掉落的枝丫是远远不够的，于是，人们就攀爬到树上，砍下那冒着生命气息的枝，粗的劈成柴，细的剁成段，等待阳光晒干水分，送进红红的灶膛，响起“噼噼啪啪”的燃烧声。每家都有山林，但饥饿带来的不只是生理上的恐慌，还有心理上的恐慌，一些人总害怕自己家林中的柴火用完就再也没有了，于是偷偷摸摸溜进别家的山林。一开始，定是蹑手蹑脚、小心翼翼，慢慢胆子大起来，心也更贪了。

有人偷，便有人防，一来二去冲突多了，破口大骂是常有的事，也有撸起袖子大打出手的时候。生产队里常遇到这样的情况。好些年，我总能听到那些打骂声。

我们家有7口人，山林自是较多一点，且又与别的村临近，林中的柴火总是被邻村的人顺走。但是，婆婆从没有骂过一句，我这辈子就没有听到她说过半句脏话，现在想想，爸爸、妈妈、我和弟弟也从未说过半句脏话，这大概就是婆婆的言传身教吧。对于来偷柴的人，婆婆总是给予理解和谅解，她甚至到林间叫住别人，跟人说：不必偷偷摸摸的，实在没柴烧就招呼一声，大大方方来捡，大家日子都紧，搭搭伙就熬过去了……

冬季枯水期，山泉水一点点往外沁。我们的水井见了底，只有凹处一点点水，少得可怜。这口井供给着我们和邻居一共八九家人。

记忆里，天蒙蒙亮时各家便担着木桶到井边抢水。一整晚集聚的水很快被一抢而空。今天这家满了一担，明天那家满了一担。婆婆醒得比谁都早，她从不去抢，而是大家都取水之后，她下到井底，用小搪瓷盅一点点儿舀。她说："大不了多费点时间去舀水罢了，我们节约一点儿用就是了。"

有时候，几家人会因为取水的多少而发生口角或推搡，甚至出现往对方水桶里倒草木灰的极端情景。婆婆总是第一时间去劝解。因为她的无私，她的善意，她的公正，纠纷总会很快平息下来，且慢慢心照不宣地形成了一种默契，大家变得井然有序，各取所需，相互体谅。

井里有一条木叶鱼，这是一种生活在没有任何污染的山涧小溪的小型冷水鱼，稍扁，腹部圆，鳞细小，尾柄稍高，若静止不动时，神似一片小木叶。这鱼是爸爸从吊滩河抓来为儿时的我开荤用的。当时他们是如何轻捏鱼身，把鱼尾探进我的小嘴里涮了涮，我当然记不得了，只是冬季，婆婆担心鱼儿干涸而死便用水养着，直到井水渐渐丰盈才又放回去，一养便是好多年。

深山褶皱里的小村子，衍生着种种悲欣，从未见过外面精彩世界的我们也一样经历着各种事，认识着各样的人，关于乡土，关于人性。

波澜壮阔的不只是大海，还有婆婆的胸怀。

婆婆说："每帮别人做一件事，或者原谅别人做的某件事，心安的是自己。"给别人宽容，就是把最宽的路留给了自己。不管多大的矛盾，只要心存爱意和善意，总会有和解的可能。婆婆在所有人面前总是微笑，眼里的神采光洁而清晰，说起话来温热绵软，轻而易举便浸到他人心田深处，轻轻柔柔中，见气度，见风骨，纯粹而美好。

婆婆带大了我，我继承了婆婆看待这个世界的态度，但对于人性的本质和人情的宽厚也一直懵懵懂懂。直到走了很多路，读了很多书之后，才明白婆婆的心中装着的就是孔子的忠恕之道："己欲立而立人，己欲达而达人"谓之忠，"己所不欲，勿施于人"谓之恕。

等我长大，真正进入社会后，才发现儿时眼里的那些所谓的不堪扩大了触角和范围，我本能地没有过度去渲染、去仇恨、去批判它们，而是更为通透地理解和体察世道、人心以及美好的事物。无论身处哪个时代，日子总有苦有甜，个人总有悲有喜。其苦其甜，其悲其喜，都是连筋连骨，动情动心。那些过往的琐碎不堪，像寒风拂过湖面，历经之后，微波荡漾，静水流深，阳光和美好总会来临。

也许，这才是生活。

我想，这就是生活。

如今的故乡，浮岚暖翠，山辉川媚，那里过往的、正在历经的和未来期待中的一切，以及永远活在那里的婆婆，一直在教育着我，引导着我，让我在钢筋水泥的城市遥念乡土人情的温暖，让我在面对人性中部分混沌且暧昧的东西，让我以包容之心清朗日子，以美好之姿柔软时光。

爱是一切艰难困苦的支撑。深情无可替代，爱情、友情、亲情都一样，有情，才能有义、有良知地活着。

在我看来，婆婆活成了一根小草，一棵树，一片森林，一座高山，乃至一颗太阳。

我一直是在深深的暖意中成长，只要我守住内心这份温情，便可抵御无情世事，悠悠岁月。

婆婆走后，人们在记恨老天爷绝情的同时，也开始反思：当整日忙着生，忙着活，那什么才是最珍贵的？什么才是真正重要的？他们开始理解生活并找机会弥补生命的裂痕，及时自我强大，及时宽容过往，及时去真心善待老人，去仔细照看孩子，去认认真真生活一回。

原来，婆婆的死，是让活着的人知道究竟可以怎样活着，怎样炙热而无悔地活着。

从女儿到母亲，再到婆婆，婆婆在女性命运里舒张吐纳，将绵长的爱在大地上延续。诚如王尔德所说："有许多品德美好的人，如渔民、牧羊人、农夫、做工的人，尽管他们对艺术一无所知，但他们，才是大地的精华。"

婆婆的愿力，不过一饭一蔬，一言一行，一应一答……看似微不足道，却沉潜在生活深处，影子一样伴随着我。婆婆给予我的，不是富裕的生活条件，而是内心的力量和温暖，从而拥有克服一切艰难险阻的意志和能力，获得人生真正的乐趣和自由，走出一条活出自己、活出爱的终极之路。这份恩情有多大，天知道，我知道。

婆婆活着，是太阳；婆婆走后，化作星辰。

当我一次次仰望满空繁星，我确信比太阳更迷人的便是众星之光。婆婆是一个精神明亮的人，有着饱满的力度和世间的慈悲，心里住着天地光阴，住着草木深情，住着人间大爱。

广阔的墨色苍穹，一颗又一颗星星闪着纯净的光，那是婆婆，以及无数和她一样的人们，在为大地掌灯，为活着的我们，以及子子孙孙的灵魂掌灯。

45度仰望天空，你在，我在，婆婆在，千千星辰在。

婆婆在，婆婆就是我的家乡。
婆婆归于厚土，父母是我的家乡。
当终有一日，父母也离开，我便成为自己的家乡，乃至子孙们的家乡。

归

算来，我是较早的一批留守儿童。

留守的孤独印刻在我的青少年岁月里，而婆婆洒播的阳光和雨露，让我心灵深处的种子慢慢生根发芽，且枝繁叶茂。我好像比一般人吸收了更多的幸福，当然，我也愿意以更多的幸福来反哺。

婆婆一直希望我成为一名教师，而我自己也想为孩子们做些什么。填报志愿时，我毅然决然选择了师范院校。

婆婆去世两个月后，我回到母校曾家中学实习。总觉得婆婆就在不远处，笑盈盈地看着我和孩子们一起学习、交谈、生活。实习结束那天，班上的孩子唱着送别的歌，哭成一片，我也潸然泪下。

毕业后，我选择回到广元，参加了教师招聘考试。2011年9月，我如愿成了昭化区（原元坝区）射箭小学一名山村教师。可惜，婆婆没有等到这一天。

担任四年级的班主任，任教语文科目，我很快融入了嘉陵江畔这个农村小校园。

开学已经好几天了，班上一个叫新月的孩子迟迟没来报到，家长的电话一直无法接通。几天后，电话终于接通了，传来一个极低沉的声音："新月病了，在住院，可能要手术……"我着实放心不下，计划次日安排好班上的事情就去广元看看孩子。谁知，第二天，门卫老师告诉我新月在校门口。见我走近，她瞬间低下了头。"你是新月？你爸爸说你病了，怎么就来学校了？"我蹲下来搂过她，"哪里不舒服？快让我看看！"她没有说话，清瘦的脸庞满是哀伤，双眼红肿，泪花点点，细碎的头发凌乱地飘散下来。"你一个人来的？爸爸呢？"她依然没有回答，我清晰地感觉到她轻微的抽泣和努力压制的呼吸，"别怕，我是你的新班主任老师，就当是你的姐姐，跟我说说怎么回事，好吗？""老师，对不起，我没有生病，是……是爸爸说没有钱……"许久，她终于开口，声音极低，纤细的小手紧紧攥着一个脏兮兮的布袋，里面是教材和作业本，没有餐具和床单被褥。让一个10岁的孩子就这样独自颠簸几小时来学校，怎么会有这样的父亲？

通过走访新月的亲戚，我才知道她父亲因轻易替人做担保而债台高筑，当下在广元某酒店打工，所得工资用于抵债，家里没有其他收入。平时周末，新月都是一个人在射箭的老家。说是家，等我到那里才发现房屋并未修建完工，邻居说，雨天这屋内淅淅沥沥，冬天寒风凛冽。没有什么家具家电，更不见柴米油盐。有时邻居给新月送点儿饭菜，有时她自己吃泡面，有时什么也没有，就饿着——现实而残酷，沉重而辛酸。

班上有一大半都是留守儿童，可像新月这样的，再无其他。新月很小的时候父母就离异了，爷爷、婆婆也去世了，她归父亲抚养，可那几年他总是在城里“风花雪月”“醉生梦死”，给予女儿的关爱极少，后来败光家产，为谋生计到处奔波，曾将女儿托管，年幼的孩子长期缺乏亲情滋润，变得沉默寡言。后来，她被寄养在亲戚家，敏感的小新月似乎早早体会到了寄人篱下的凄凉，性格愈加孤僻。加之父亲对孩子不管不问，一年后亲戚不愿再看管，小新月彻底成了一个人。难以想象，大家翘首以盼的周末她忍受了怎样的煎熬，在学校总是埋着头、捂着脸、弓着腰的她对于温暖该是怎样的渴望。

跟孩子父亲通电话或是面谈成了我的必备工作。我对他动之以情，晓之以理，他慢慢向我敞开心扉，倾诉苦水：他又结婚了，婚后他才知道现任妻子沉迷赌博，到处欠债，说好共同抚养孩子，不仅不问不管，还隔三岔五向他要钱……

对新月，我只想尽可能为她做些什么。时时关心她的生活，严格要求她的学习；带她一起游戏，陪她饭后散步；经常鼓励表扬她，尝试慢慢驱散她的自卑；悄悄动员同学们主动与她交朋友……周末，我放弃回家休息，带她留宿学校，在自己的小宿舍为她洗衣做饭，给她辅导作业，教她操作电脑，陪她看电视节目……在夏季买漂亮裙子、鞋袜给她，在冬天为她添置防寒保暖衣物，送课外书籍供她阅读……当孩子父亲在广元莲花村租住房屋后，我每周接送她上下学，带她感受城市的气息；或是带她回自己家，让她感受温暖……

日复一日，她开始有了变化。我们在一起时，她会开口说话了，虽然话不多；会抬头微笑了，虽然掩面娇羞；会主动帮忙做事了，虽然“蹑手蹑脚”……每每此时，我总是忍不住热泪盈眶，要知道她曾是一个多么自卑、内向、怯懦的孩子啊！

几年里，学校减免了她的生活费，我和任课老师垫付了其他费用。在我们的努力下，她得到了浙江鄞州光彩事业促进会、昭化区教育局和射箭乡（现射箭镇）党委、政府的帮扶。越来越多的老师、社会人士献出爱心，呵护她，关心她，帮助她。懂事的她知恩于心，感恩于行。2013年，她被评为广元市的“美德少年”，戴上奖章的那一刻，她笑得像花儿一样灿烂，阳光煦暖。

新月毕业那年，她的父亲去了呼和浩特，他说那儿工资高，虽然条件艰苦、工作辛苦，但为了孩子继续学业，他心甘情愿，也责无旁贷。给新月办理了毕业手续，我带她在家里小住了一段时日，然后送她去了内蒙古。父女的关系正逐步融洽，需要时日相依相守。

其实，我很庆幸在我的教育生涯里，遇到了新月，遇到了山里的留守孩子，我能用爱去点燃一份份小小的希望，陪孩子走出心灵的荒漠，走进亲情的绿洲。他们幸福了，我就甚感欣慰。

我又想婆婆了，她也很欣慰吧。

婆婆走后，我似乎对老人这个群体有了莫名的依恋。

走在街上，我总是情不自禁地去观察他们，关注他们。他们走路的背影，说话的样子，无端让我觉得亲切和亲近。我会有上前跟他们说说话的渴望与冲动，我也会经常和一些初次见面的老人摆半天龙门阵。他们是我陌生的亲人，是我活着的“婆婆”。

看着广场上欢快跳舞的那些大妈，她们洒脱、喜乐、放达，我总在想，要是婆婆还活着，我会不会也拉着她来跳广场舞？哦，不不不，婆婆一定拘谨极了，毕竟她还未真正见过城市的繁华。

继而，又想，生活在乡间一辈子的那些老人，尤其是儿女子孙都奔波在外的那些空巢老人，他们有种生命透支的虚弱，像被岁月沦为婴孩，打回原形，在不可预测的生命险境里与肉身搏斗，在等待中苟活。他们比之前任何时候都更需要生活的耐心与勇气，也比之前任何时候都更需要亲人的理解与陪伴。在他们面前，我自然而然摆脱城市人的逻辑，和他们聊村子的变化，聊今年地里还种了什么庄稼，聊一个人的三餐都吃些啥……我内心的疼惜之情不由得又泛滥了。

苍老，生病，死亡，我们没有人能幸免，我们总有一天会与之相逢，像呼吸空气一样。人生于世，陪伴我们的任何人都只是一段，或长或短。

现在，我只想以一个孙女的角色，更深地了解老人们孤独的常态以及精神的需求。

2015年，我从学校调至广元市昭化区委宣传部，随即参与到脱贫攻坚帮扶工作中。我联系的大朝乡（现昭化镇）牛头村郭知陆一家，家徒四壁，儿子失联十几年，家里的日子没有光亮，更无幸福可言。

郭叔的母亲名叫范金花，已91岁高龄，常年卧病在床。我第一次低头踏进范婆婆简陋陈旧的卧房，寒风正打得破木窗吱嘎乱响，模糊不清的玻璃透不进阳光，她躺在一架已看不出漆色的残破小木床上，躺在潮湿和霉味的死寂气息里。

“婆婆，婆婆，你还好吧？”我伸手去掖被角。婆婆竟从那褪了色、破了洞的被子下颤巍巍地伸出手，拉住了我：“娃娃呀，这么冷，还来看我这个老太婆，你才好呀，冷的，快去烤火……”那枯树皮般的手，没有一丝血色，没有一点儿水分，凉凉的。“快盖好，婆婆。”我试图将她的手放回被窝，却被攥得更紧。

“娃娃啊，我这难受的啊，我咋不死了算了。这活受罪，也连累了儿子、媳妇儿……”门缝挤进来一丝光亮，婆婆眼角闪着泪花，“偏偏政策又好，劳烦你们还跑来看我……”

“婆婆，你只管养病，好日子还在后头，你还要好好享福呢！”一时间，我竟也说不出别的，只是眼泪扑簌簌地掉了下来，咸咸的，涩涩的。

之后，我又几次慰问范婆婆。

“婆婆，我来看你了！”那天，我再次踏入那阴暗的小屋，“婆婆，好些没？还有哪里不舒服？”

老人依然慢慢伸出手来抓住我的手，只是被子已换成崭新的了。“娃娃呀，你来了。真是让你们费心了，省上的，区上的，乡上的，村上的，都来看我……”几声咳嗽，她有些气喘，“我，我就是又感冒了……睡在这儿，就一直，一直想我那孙儿啊……孙儿……我可怜的孙儿……”

老人口中的孙儿便是郭叔的儿子，算来，已经失联十多年了。为了整理我这个素未谋面的哥哥的材料，那天，我们坐在一起，揭开伤疤。

郭正波生于1979年12月，从小招人喜欢，在昭化中学读完初中，而后去了昭化职高。两年后，同班上35个同学一起，被老师带往广东省东莞市塘厦镇一家铜丝生产厂上班，当时每月工资约为1200元。上班不久，郭正波觉得工资太低便回村了，在临近的镇上零零散散上了几天班后，去了山西一家工厂，不久，又去往海南省三亚市。不承想，却误入了传销组织。“在传销组织待了大概两个半月。第一次他写信向我们要10000元，不久又写信要5000元。”郭叔回忆道，接着长叹了一声，“家里条件不好，两个老人身体不怎么行，辛苦劳动也只能勉强过日子。那么多钱对于我们这样一个家庭不是一个小数目。”顿了顿，他接着说，“当时，我们愁得不行，到处去借，好不容易才凑齐。我在宝轮工商银行给他寄了去。对，是那个银行，我记得很清楚。”后来，为了还清欠债，苦了一家人好几年。脱离传销组织后，郭正波给家里打了电话。“还是回原先的工厂去上班吧，稳定点，多少还能挣点钱。”郭叔劝道。“爸爸，我坚决不回原来的地方！好马不吃回头草！”再后来，郭正波从三亚去了广州市。这期间偶尔同父母通电话，但从来没有告知他具体在干什么工作。“爸爸，今年过年我一定回家，我要好好孝敬你们。”“我们不求啥孝不孝敬的，你回来过年就好，我们都等着呢。”这次的通话让全家人高兴了好一阵子，毕竟等到年底，孩子就回来了。“那年七八月份，接连下了好多天的大雨。他又打电话来，说广州也是大雨天，说自己的手机掉了……”郭叔沉默了，阿姨沉默了，婆婆也沉默了……是的，这是郭正波最后一次同家人通电话。自这之后的十几年，再也没有收到过他的信，再也没有接到过他的电话。

一阵凉风袭来，几缕白发从范婆婆包裹着的黑丝帕底下落下来，垂在爬满皱纹的前额。她伸手把发丝往脑后拨了拨，身子发颤。“孙儿——我的孙儿——”范婆婆念叨着，眨了眨隐藏在条条沟壑间的双眼，泪终究没掉下来，经年创痛，怕是早就流干了吧……

“儿啊，你到底是生是死，你倒是给我们个信儿啊……”已60岁的罗加青阿姨再也抑制不住，抽泣起来，豆大的泪珠噼噼啪啪地落下，在破木桌上溅起朵朵泪花。

一旁的郭叔眼圈红红的，毕竟63岁了，皮肤黝黑而粗糙，头发花白，乱蓬蓬地堆砌着，眼底蔓延着无边无际的荒凉和落寞。风掠过，破烂的棉T恤贴在他身上，勾勒出那瘦骨嶙峋的躯体，颓唐不安。

起初，夫妇俩只要一听到有关儿子的消息，便会迫不及待上门去寻访，可是每次都是无功而返。乡里乡亲所知道的只言片语根本不足以成为找到儿子的线索。一次次满怀希望，一次次平添更深的失望，就这样被折磨着，找不到出路，抓不住那根稻草，只是越陷越深。哀莫大于心死。

是呀，有什么办法呢？范婆婆在40岁的时候摔坏了手，落下后遗症；患有肺气肿，常年靠药物维持；每年冬天双脚溃烂，直至次年夏季才会好转；“三寸金莲”行动不便……郭正波失踪几年后，他的爷爷中风，卧床几个月后离开人世。靠着邻里的帮扶救济，才办完了丧事。儿媳罗加青严重贫血并患有关节炎，平时也是各种小病不断，药不离身。郭叔又是骨质增生，干不了重活，也没法外出务工，只能零零散散做些小工，种点粮食和蔬菜，维持一家人的正常生活都捉襟见肘，更不要说医药费用和欠下的债了。家里实在拿不出钱外出去寻找儿子，急在眉头，痛在心里，最终也只能是默默思念，默默等候。

“起先，我真的是气着了，想着他回不回来都无所谓！”郭叔眼睛潮红，“哎……又怎么会不想呢？这么多年了……”不善言谈的他终于再也压抑不住，哭出了声。我第一次见到男人掉那样硕大而冰凉的泪。

“你郭叔因为想儿子患了心病，有时候脑子都不好使了，还爱喝烂酒……”罗阿姨抹了一把泪，“我要担起家的担子……有啥法子呢……”

离开时，范婆婆拄着拐杖站在低矮的房檐下，朝着出村的方向，久久凝望，凝望……

那一刻，我咽下泪水，下定决心要帮他们，帮到底。

我们集结四川省公安厅、昭化公安分局、昭化派出所等力量，进行大范围的DNA比对，到其曾常住省市实地调查，广泛走访其亲朋好友、同学同事；我还联系了央视《等着我》栏目组和“宝贝回家”网同步寻找……记不清开了多少次专题会议，想了多少个寻人办法，但很遗憾，一直没寻得任何音信。

与此同时，我们悉力帮扶他们家，先后垫付资金建了新房，出资硬化了入户路，帮助其发展了山羊和土鸡养殖产业，一家人如愿脱贫、致富，渐渐走出了阴影，生活有了新的奔头。

青瓦屋檐下是洗衣、做饭的身影，也多了欢声笑语，每一个日子都有无数的发生和继续，有着渐渐丰盈的希望——这样的每一个瞬间，平常如鹅卵石，却绵延出了一条勇往直前的小径。我成了郭叔和罗阿姨的女儿，成了范婆婆的孙女儿，他们一直亲切地叫我“娃娃”。

范婆婆病了的那段日子，我常去看她。除了拉着她宽慰她，我没有办法减轻她的痛苦。再后来，婆婆就完全不能下床了。起先还勉强能吃一点儿东西，渐渐地就什么也吃不下，只得挂了营养液。婆婆不再轻易睁眼睛或开口说什么，只有凑近她才能隐隐听到微弱的呼吸声。我们请了好多医生来诊断，都说无能为力。

尽管如此，我每次去，只要唤一声："婆婆，婆婆，是我。"她便努力撑开眼皮，竭力想伸出手来，但是她已经没有力气了……我捧着她的手，泪很快流下来。婆婆的子女们总是惊叹："还真就只有你，只有你叫她，她才会有反应。"对于这份"殊荣"，我百感交集。

再去看望婆婆的时候，她已经完全说不出话了。她越发深陷的眼角溢出星星点点的泪花——她想跟我说话，我知道。"婆婆，不用谢我们，这都是应该的。你苦了一辈子，就该享享福。"我懂范婆婆的心思，她也听见了我的话，几乎用尽全力向我点了点头，干瘪的脸上隐约露出丝丝笑意，我不敢再多看。

那一刻，在场的人无不泪如雨下。

两天后，婆婆安然长眠，享年94岁。

也许，人永远是卑微的；也许，故事永远都无法摆脱那与生俱来的苍凉和忧伤。但，只要怀着一颗惜福感恩的心，就能聆听阳光，感受温暖。

婆婆走了——不，婆婆一直都在。

一直都在。

我帮扶的三户贫困户，户主年纪都是六七十岁，我叫他们叔叔阿姨，他们也拿我当女儿。

几年里，我沉下心来和他们围坐交流，俯下身子和他们劳作收获，扎下根来为他们排忧解难……我发现他们家里很少有全家福，老两口也极少有合照。对于生在那个年代的他们来说，照片是何等贵重的东西，大多可望而不可即，甚至连结婚都不一定能拍上一张照片。等条件好些的时候，又把全部心思花在了儿女、孙辈身上，哪里想过为自己、为青春留个影？家里几乎找不出几张像样的照片来，若有，也定是儿女小时候的。他们用不来智能手机，拍不了日常的照片，而我为他们拍的电子照片他们又没有办法收藏。村里的变化日新月异，他们欣慰，更满怀感恩，可是这些美好他们如何留存？除了每天的目之所及和随着年纪日渐淡化的记忆……那何不把承载满满幸福的“回忆”从我的手机里拖出来，变成看得见、摸得着、可留存的“有意义的礼物”？

萌生了这个想法后，我一刻也不耽误，立马开始选照片，挑背景，配文字，操办起来，熬了好几夜，我终于通过互联网如愿制作了纪念相册。

或许，照片最能珍藏记忆，留住时光吧，不论过了多久，只要翻开，岁月的轨迹便清晰如昨。建档立卡户要张贴有帮扶干部与帮扶户户主合影照片的明白卡，那是我与他们拍的第一张正式合照。

“哎呀，要照相？可以不照不？”郭叔有些害羞。“不行的，郭叔，必须要照片呢，明白卡上要用的。”“那……那我去换件好点儿的衣服。”郭叔边说边解开了身上的旧衫衣扣进了卧室。等他出来，一身蓝格子衬衣配褐色长裤，干净利落。我挽着他，在木格窗前拍了合照，他笑得朴实又灿烂。

王叔不在家，阿姨一听要拍照，直摆着手说："还是等你王叔回来吧，我就算了，都是老太婆了，不好看，不照，不照。""没事儿，您呀，还那么好看，都说您原来是村花儿呢！""小罗，我跟你说啊，你看我一忙起来头发几天没有洗了，这衣服也没换，这鞋子也不好看，我……""阿姨，拍半身，您要是不满意就给您美颜，放心啦！"连拖带拽，同事帮忙记录了那个瞬间。照片中的她哪里像年过六旬的老妪，笑靥如花，芳华依旧。

到张叔家的时候，他正从地里干农活回来，衣裤上沾满了泥。为了配合我们的工作，他二话不说健步上楼换了干净衣服。我给他看了手机拍下的照片："张叔，好看呢！照得自然！""好看啥呀，都几十年没有照相了！"他说着，又偷偷瞄了一眼我手机里的照片。

郭叔的儿子失踪十几年了，杳无音信，我们一直在帮着寻找；王叔的儿媳妇都好些年没有回来团聚了，家里有什么事都是我们帮衬着；张叔的子女都在城里打拼，每次回来也都匆匆忙忙，远远没有我们去他们家里的次数多……

郭叔家的园子，四季各有不同，每个季节种了什么菜，开了什么花，桃子、枇杷、梨子满枝丫，青石板院坝前的银杏绿了又黄，黄了又绿……郭叔的快乐时光是与山上那数百只跑山鸡在一起，添加粮食，喂水，漫山遍野捡鸡蛋，甚至支了一架小木床在鸡棚里，有时听听音乐，和着鸡鸣，听着听着，竟忘了回家吃饭；也有时就在棚外看着那些健硕的鸡发呆，情不自禁地露出会心的笑……这些，我都拍了下来。

王叔家的老房子又旧又破，2015年终于建起了新房，宽敞气派，房前菜园葱郁，屋后果木成林。可是因为高压线路经过，不得不拆除新房。另择地基，筑圈梁，砌砖墙，结顶，装修……新的房子拔地而起，一家老小搬了新居。原来那里，也被夷为了平地，种上了庄稼……这些，也被拍了下来。

张叔勤劳了一辈子，现在都还劳作不辍。家里囤满了粮食，什么仓啊，柜啊，桶啊，袋子啊，里面全是粮。而大朝那条青石板街道，每到秋季都会变成晒场。张叔从不错过一个艳阳天，晒谷子，晒菜籽，晒玉米壳，晒花生……晒了收，收了晒。王姨不幸出了车祸后，她的腿伤成了我最大的牵挂。我隔三岔五就去探望，查看伤口恢复的情况，帮着上药，帮着打理家务……这些，也被拍了下来。

一些照片，一串故事，一份回忆，也是一种情怀。我将浓缩了五六年时光的纪念相册送给他们，他们乐开了怀。

郭叔将相册珍藏在卧室写字桌的木抽屉里，还用布袋包裹得好好的，生怕沾了灰尘。

王叔把相册靠墙立在电视机旁："放这里，方便。我们晚上没事时经常翻着看看。"

张叔则放在客厅茶几上，听王姨说，他逢人就要拿出来“炫耀炫耀”，夸这个女儿简直比亲生的还要好。

我自己也各留了一本，因为手头的工作而不能去看他们的日子里，我便翻一翻。那些抓拍的极自然的时刻，那些记录下来的点滴变化，那些埋在我心底想说的话……一页一页，尽是思念，盈满关于亲情的故事，在每一个回忆的转角处。

以爱之名，洗尽铅华，照见纯真。

又想起我亲爱的婆婆。

我家因为爷爷残疾，弟弟上大学，家里的主要经济来源依靠妈妈务工微薄的收入，也被评为了建档立卡贫困户。可惜，户上没有了婆婆的名字。若不是那场大病，婆婆也能像范金花婆婆一样，蹚过泥泞，感受如今的美好新时代。如果婆婆还在，一定也会有一个和我一样的帮扶干部倾情给予她爱和温暖吧。

我们没有婆婆年轻时的照片，除了我小时候唯一的一张全家福。那是外地的一位亲戚带着相机回来在老房子前给我们拍下的。照片中，我被爷爷抱着与婆婆坐在前排，爸爸妈妈立于身后。照片定格的那一刻，婆婆和妈妈都没有看向镜头，而是看着我。由于年久潮湿，照片已经花白，但家人透出的温润气息始终氤氲其中，浸润于心。

婆婆手术后十多天，我搀扶着她在医院走廊散步。我央请一名病友家属为我和婆婆拍张合照。婆婆仔细抻了抻身上我买给她的白底蓝色碎花棉质睡衣，拢了拢两鬓的碎发，略显笨拙地朝我微微移动。阳光明亮亮的，斜斜照进窗户。她微微眯起眼睛，看着手机镜头，脸上绽开一丝少女般犹豫而腼腆的笑容。为了配合我，她尽可能挺直脊背，可整个身子仍微微向前佝偻着——腹部的伤口在拉扯着她。随着清脆的咔嚓声，手机里留下了我和婆婆的照片。

那是爸妈省吃俭用为我买的第一部手机，像素低，照片不够清晰，在我这里，却是最为珍贵的一张。

半年后，婆婆与世长辞，那张照片便成了我们唯一的合影。

老吾老以及人之老，或许，我是在弥补未对婆婆尽的孝道；或许，就是因为婆婆，我对我的帮扶户也全力尽孝道，用心用情在第二故乡，陪他们实现脱贫奔小康的愿望。几年里，质朴的他们反而给了我太多感动。

我们互为家人，我们，最终成为一家人。

我决心用文字来记录下这段共同走过的岁月，记录这场惊天动地的脱贫攻坚战以及这些平凡而坚韧的人。和范金花婆婆的故事是我处女作《半亩原乡》的开篇。2019年8月，这本脱贫攻坚纪实散文集出版，许多读者都告诉我说，他们读得泪流满面。我们在帮扶的牛头村举办了作品分享会。会上，好几位村民激动得几度哽咽。真实记录所引发的共情与共鸣竟如此强烈，我深受触动。

我有幸成了脱贫攻坚的参与者、见证者和记录者。村民们赶上了脱贫致富的好时代，我们也赶上了文学创作的好时代。生活与实践始终是创作的源泉。

将亲身经历内化成一种文学化的体验，又将这种体验文学化，我何其幸运。

在后来漫长的道路上，我发现，我已有了理解他人的能力。

令人欣慰的是，这种能力也成为一个写作者的核心要求。或许，在很小的时候，婆婆就为我埋下了文学的伏笔，不管我何时开始写作，那种潜藏的力量总会为我将前方照亮。

每个人心中都有自己的亲情故事，每个墓碑下都埋藏着一部波折的长篇小说。

关于婆婆，我一直萦怀于心而又一直不敢提笔，总怕匆忙下笔写薄了，写浅了，也怕心弦轻轻一抚就砉然断裂。直到2014年冬天，婚礼前几日，我去婆婆坟前祭奠。她一辈子最大的心愿就是我能有出息，能嫁一个值得托付终身的男人快乐地过日子。我多想婆婆能参加我的婚礼，我要向她鞠躬，我要为她奉茶，我要拥抱她，并告诉她：莎莎已经长大，自此以后，多了一个幸福的家……万万千千的话语，凝噎在心头，终在难以入眠的夜晚化作了笔下涓涓流淌的文字。

婚礼后不久，这篇名为《婆婆啊，婆婆》的散文，刊发在《散文选刊》。自己的文字第一次成了铅字，那年，我25岁。我回到婆婆坟前，告诉她这个消息，也借以自我疗愈，借以柔软这坚硬的现实，借以安放我不羁的思念。

从小到大，我的语文成绩总好于其他科目，在班上也一直是学习委员或者语文课代表，作文常被作为范文在全年级各班巡回朗读和张贴供大家交流。高中时，我创作的一首长诗幸运地被收录进一本家乡的文化类书籍，书中作者皆为知名作家或诗人，我是唯一一个高中生，诗作得到编辑老师的充分肯定。大学里，写作课成绩也名列前茅。尽管如此，自己却从来没有想过创作真正意义上的文学作品，更没有奢望要成为一个作家。

在我任教期间，关于婆婆的故事登上文学刊物，笔下又陆陆续续绽放出一些小花，多为教育随笔或乡土田园类散文。慢慢地，报刊上越来越多地出现自己的名字和自己的文字，自己也被调入区委宣传部，成为一名宣传文化干部，机缘巧合进入了作家协会，兼职了协会职务，融入了文学工作，渐渐有了文学创作的动力和激情。继《半亩原乡》出版后不到一年，第二本蜀道风物散文集《山月归你你归我》出版发行。又一年，报告文学《八千里路》出版发行。

在业余写作的道路上，我越走越远，写了许多人、许多景、许多故事，以及许多深情，可是我一直缺乏勇气来完整讲述婆婆的一生。

婚后，我有了自己的小家庭，有了可爱的孩子。儿子管他的奶奶、我的妈妈都叫“婆婆”。每当儿子叫“婆婆”

时，我似乎穿越时光，回到了自己奶里奶气叫“婆婆”的时候。

婆婆在，该有多么幸福……

这个世上，比父母更爱我们的，是父母的父母。

现在想来，我生于物质清贫的家庭，但我拥有免费的美好事物，比如空气、阳光、青山绿水、花草树木、天空、大地，比如婆婆和爸妈身上的真、善、美，等等，它们对我的影响超过我在家庭之外所受的其他影响。这份源自家庭的爱支撑了我后来人生中的一切。

世界是个回音谷，都说念念不忘，必有回响。当我站在山间大声呼喊，音传千里，一叠一叠，一浪一浪，婆婆在彼岸世界依依回响，绵绵相应。

物质食粮、精神食粮、情感食粮，关于内心深处的记忆，来源于婆婆，来源于慈爱，来源于我们灵魂的寻找和皈依。

“我们称之为生命的东西，归根结底就是一张由他人的记忆编成的织锦。死亡到来，这织锦便散开了，人们面对的便仅为一些偶然松散的片段。”倏忽十余年，我从未忘却，充盈的泪水渐渐往心里流淌，终于再次提笔一句一行晕染开来，终于在生活里淡然聊起过往点滴，这张织锦复又还原起来。

我不知道这些文字能不能承载无数沉淀的往事，或者能改变什么，只愿在回想婆婆的字里行间，与婆婆再同行……

有人说，文学实际上满足着生命的需求，满足着人生的需要，弥补着人生的某些缺憾。对我来说，文学变成了婆婆生命的一个遗存，变成人生的一个痕迹，变成对时光的一个挽留，变成对我们所经历的一切的纪念，而文学最动人的一定是抒情的生活本身。

幸运的是，作为孙女，作为母亲，作为女儿，我一路走来，走在生活的路上，也走进字里行间，深深扎进内在，看见来路，又回到当下，慢慢超越一己悲欢，看见光，看见方向和希望，完成能量和力量的回归，也让自己“重新生长”。

其实，婆婆一直活在我们的生命中，只是换了种方式陪伴。

婆婆在，婆婆就是我的家乡；婆婆归于厚土，父母就是我的家乡；当终有一日，父母也离开，我便成为自己的家乡，乃至子孙们的家乡。

那么，且以写作，以深爱，赴一场生命和灵魂的归乡。

缓缓，归矣。